うかれ十郎兵衛

吉森大祐

講談社

うかれ十郎兵衛

目次

装画　村上豊
装幀　坂野公一（welle design）

うかれ十郎兵衛

美女礼讃

「カネが、欲しいかい？」

上目遣いで、重三郎《じゅうざぶろう》は聞いた。

勇助は、思わず言葉を飲み込む。

「う――」

「どうだい、正直に言いな。カネが、欲しいんだろう」

重三郎は、三つ年上の地本《じほん》商人――女や蕩児《とうじ》を扱った下品な草紙で江戸の町を引っ掻き回してきた書肆《しょし》『耕書堂《こうしょどう》』の主人である。固太りで目玉が大きく、いかにも肝の据わった顔つきをしている。

勇助は必死で、それを睨み返した。

(商人風情が図に乗りやがって)

切れ長の三白眼――髷は細く、粋な縞の着物を着こなして才気走ってはいるが、どこか空回りしている印象の勇助は、しがない町絵師である。

「カネだけじゃねえ。一流の絵師だって名前も欲しいンだろう。お前さんは、そのあたりの町絵

師で終わる腕じゃねえ。わかるぜ」

重三郎は、脂ぎった鼻の頭に小じわを寄せて、訳知り顔に頷《うなず》いた。

「おいらはな、勇助さん。あんたの腕を買っているんだ。さすがは鳥山石燕《とりやませきえん》先生の門下でも塾頭を務めた腕前さ。そんじょそこらの町絵師とは出来が違わあ。それにな、おいらは武家や金持ちが暇つぶしでやっている絵師風情が気に入らねえ。やれどこかの家の重役だ、どこかの旦那の子弟だ――。うるせえ、町絵に身分も家柄も関係があるもんか。その点あんたは、氏も素性もない」

「氏も素性もなくて、悪かったな」

勇助は、気位が高くて、世渡りがうまいほうではない。

「ははは。怒るなよ。おいらもあんたも同類って言いたいだけさ。一緒にひと花咲かせてやろうじゃァねえか――」

そう言いながら重三郎は文箱を取り出し、懐紙に包んだ黄表紙の挿絵の謝礼を差し出した。そしてその上に、一両の小判を、カチリ、と置く。

「こいつは、おいらの気持ちさ――」

「いや、潤筆料《おだい》は、一両二分の約束だ。そんなことをしてもらうわけには」

「取っておきねえ。カネが必要なんだろ?」

その通りであった。

勇助には、病気の女房がいる。

女房のためにも、一文でも多くのカネを稼ぎたい。

だが、施しを受けるのは、嫌だった。

「稼ぎてえんだろ。事情はわかっているぜ。ならば三日後の暮れ六つに、吉原大門前の、おいらの支店に来るんだ。きっと来てくれるな？」

重三郎は、押し付けるように言った。

◇

三日後、勇助が吉原大門前にある耕書堂の支店に赴くと、重三郎は二軒隣の引手茶屋『桔梗《ききょう》屋《や》』にいるという。引手茶屋というのは、吉原の妓楼にあがる客を饗応し、高級遊女を案内する一種の料亭である。

勇助は下男に案内されて、茶屋の二階の座敷にあがった。

するとそこには、いかにも裕福そうな旦那が三人、集まって酒を呑んでいた。

いずれも恰幅の良い脂ぎった中年男たちで、悠揚と酒を酌み交わしながら、ははは と乾いた笑い声をあげている。

下座には重三郎がいて、ひとりだけ年若ではあるものの、まったく気後れすることなく旦那衆を饗応していた。

重三郎が凄いのはこういうところだ――。勇助は内心舌を巻いて、廊下から重三郎に目配せをする。

すると重三郎は手招きをして、勇助を自分の後ろに控えさせた。まるで使用人の扱いだったが、勇助は黙ってそれに従った。

重三郎は、世慣れた風情で聞く。

「さて――大文字屋《だいもんじや》さん。最近の景気はどうですか」

「うむ。大見世《おおみせ》の客は変わらぬが、中見世、小見世の客の出足は減っている。もとより吉原の町衆は共存共栄を是とする。なんとか手を打ちたいものだな」

「いかにも、お前さんのおかげで一時はずいぶん客足が戻ったものの、すぐにこの様《ざま》だ。何かまた手を打たないといけない」

「官許の色町はわが吉原遊郭のみ。だが不認可の色町が江戸じゅうに蔓延《はびこ》って安い女を安く売る。カネがない客たちは、吉原よりもそっちへ流れる」

「奢侈《ぜいたく》禁止のお達しが出てからというもの、根津門前、深川八幡――千住、品川、新宿の御女繭《ごじょろう》が人気ですな」

「わが吉原は、あのような雑多な町の妓楼とは格が違う。なんとか客を呼び戻さねばならぬ」

「そうですな――」

重三郎は言った。

重三郎は、今では地本屋として日本橋通《とおり》油町《あぶらちょう》に店を構えているが、元は吉原の生まれである。文人肌の他の書店主とは毛色が違った。その態度も物腰も、まるで香具師《やし》のようである。

「他の色町にあわせて安易に値札を下げぬがよろしいでしょう。客の単価が落ちて利幅が減りま

すからな。そうですな。ひとりか、ふたりでいい。とびきりの美女を特別な人気者に仕立てて、それを看板にするのです――。浮世絵や草紙、講談で評判をあげて、滅多に姿を現さない。そうして値をつりあげ、格の高い上客を吉原に呼び込みましょう。いかが？」

重三郎の言葉に、旦那衆は前のめりになって耳を傾けている。

奥に座っていた、でっぷりと太った相撲取りのような旦那が、言った。

「そのことなんだが――。私の見世じゃァ、筆頭女﨟は代々『花魁揚巻《おいらんあげまき》』を名乗ることになっている。それは承知だな」

「当然でございます。成田屋の芝居にもなってますな。三浦屋《みうらや》さんの大看板だ」

「その大看板だが、ここ数年、人気が落ちている」

「当代の揚巻も上等な女だが」

「確かにそうだ。だが、それだけではダメなのだ。本人の努力だけでは、七十年前の五代目揚巻のような江戸じゅうの話題になる花魁は作れない――」

「そこ、ですな」

重三郎は言った。

「われわれの力で、享保の昔のごとき『大看板』を仕立てるのだ」

「ふむ」

三浦屋、と呼ばれた男は酒を舐めながら言った。

「お前が言うように、今の揚巻は立派な美妓《をんな》だ。教養、人格は一級品で、若い新造《しんぞ》からも慕われ

ている。だが、いかんせん年だ。もう二十五歳なのだ」

「二十五――そろそろ次を探さねばなりますまいな」

「うむ。二番手、三番手の美妓も、それぞれ修業を重ね、育ってきてはいる。だが決め手に欠ける。今の吉原の状況を鑑みるに、思い切った手を打たねばなるまい」

さきほど、大文字屋と呼ばれた男が、煙管《キセル》に莨《たばこ》を詰めながら聞いた。

「思い切った手とはなんですか？」

「番頭を長崎にやって美妓を探させている。十四歳の美妓を、二百両で手に入れたと手紙が届いた」

「二百両――なかなかですな」

「うむ。だが、うちの番頭の見る目は確かだ。なんでも、阿蘭陀《おらんだ》の血が入った美妓で、名を佐枝《さえぐさ》という。この美妓がまもなく江戸に送られてくる」

「ふむ。面白い」

旦那衆は頷いた。

「三浦屋さんのところの女薦衆には気の毒だが――この美妓を、次の揚巻にするのはどうだ」

「そうだな。そして、それを吉原全体で一気に売り出すのだ」

重三郎は、それをじっと聞いていたが、腕を組んで言った。

「さすがは三浦屋さん。そして大文字屋さん、海老楼《えびろう》さんも慧眼だ。そう。今この吉原に必要なのは、特別な出自の女だ。時代を創る美人の象徴ですよ。そしてそれを売り出すには、普通の手

ではダメだ。この蔦屋《つたや》重三郎の出番です――」

　重三郎は、押し出すように言った。

「次の揚巻は、なにもかも特別でなければならない。まず、江戸での水揚げから、売り出しと、全てを錦絵と絵本に仕立てましょう。そして、お見立ての時に上得意に配る手ぬぐいや羽織の下に『まくら絵』を仕込ませるのです」

「ふむ――だが、まだ名も知れぬ女を、鳥居清長《とりいきよなが》が描いてくれるとは思えぬが」

「鳥居清長――？」

　重三郎は、大げさな声をあげた。

　鳥居清長は、宝暦明和時代に人気を集めた鈴木春信以来の美人画の大家であった。今、江戸において美人画といえば鳥居清長とその弟子たちである。

「この蔦重ともあろうものが、既に知られた名を使うとお思いですか。この重三郎が仕掛けるものは、常に新しく、ひとの見たことのないものでございます。こちらをご覧ください」

　と重三郎は、突然、背後にいる勇助をふりかえった。

「ここに控えるのは、わたくしが若手で随一と買っている絵師でございます」

　勇助は驚いた。

　貧乏絵師がこんな宴席にいること自体が場違いだが、そこでいきなり紹介される。吉原の重鎮たちに顔を通し、仕事をもらうことが自分にとっていいことであることはわかっている。だが、こっちの意志を無視したやりかたは、ずいぶんバカにしている。乱暴ではないか。

勇助は内心、腹を立てながらも、頭をさげた。

「ふうむ」

「蔦重が言うなら、そうなのかのう」

「まあ、お前は、今までも無名の若造をずいぶんと売れっ子に仕立ててきた。その眼力と手腕に間違いはあるまい」

「お手前、名を、なんと申されるのか？」

旦那衆は、口調だけは柔らかく、しかし目つきはするどく誰何《すいか》した。

「は。池之端忍ケ丘町在、絵師鳥山石燕が弟子、鳥山豊章《とよあき》と申します」

「鳥山石燕――町狩野《まちかのう》ではないか」

「は、いかにも」

「狩野派は武家好み。吉原に似合うかな」

「この男、その枠に収まるような男ではございません。その筆の力は豪放磊落《らいらく》にして繊細でございます。そのうえ、出身も川越の貧乏農家でありまして、武家ではない。そこがいい」

重三郎は笑って言った。

「実力は、この重三郎が裏書するところでございます」

頭をさげながら勇助は、この野郎、勝手なことをぬかしやがって、と思った。

もちろん、自分の腕を買ってくれることは嬉しい。

だが、自分はこいつの使用人ではない。

カネが欲しくて重三郎に言われるままに戯作や草紙の挿絵を描いてきた。だが、下に見られていいわけではない。自分は誇り高き石燕の弟子である。今では師匠からも独立して、小さいながらも自らの画房を構えている。一国一城の主なのだ。

「畏《おそ》れながら、重三郎殿——」

勇助は、わざと改まった言い方をした。

「わたくし師匠の教えにしたがい、女性《にょしょう》を描いたことはござらん。わが師石燕は、今は市井の町絵師なれど、いざとなれば奥絵師として徳川様のふすま絵も描く格式のおかたであります。敬虔な仏信徒にして、我ら弟子には、女犯、殺生を固く禁じておりますゆえ」

「何を言うんだ、勇助殿」

重三郎は言った。

「いつも言っておろう。あんたは、そんな古い格式で収まるような器《うつわ》ではない。ここにいる旦那衆を見よ。この旦那衆に背中を押してもらえば、鳥居清長も北尾政演《きたおまさのぶ》も凌ぐ人気者になれる。これは、世に出る好機であるのだぞ」

しかし勇助は頭をさげたまま、難しい顔をしている。

重三郎はそれを気にする様子もなく、当たり前のように言った。

「あんたには、吉原あげての新揚巻の売り出しに一役買ってもらう」

「——わたしは、絵師であり、商人ではござらぬ」

「この仕事、五十両を用意しよう」

「ご、五十両？」

勇助は目を剝いた。とてつもない大金である。

とたんに汗が、どっとあふれた。

五十両もらえるなら是非はない——だが、驚きすぎて言葉が出ない。

その様子をみて重三郎は、まだ納得しないのか、と続ける。

「気に入らなければ名前を変えればよかろう。美妓を描く時だけ、別の名前にすればいいではないか。そうだ、この前、お前を江戸の有名人たちに引き合わせるために、〈狂歌の会〉に連れて行ったな。あのとき使った戯《ざ》れ名はどうだ？」

「は、はあ」

勇助は、五十両、と聞いたとたんに腰が砕けている。

「いいか勇助。わたしはお前を売り出したいんだ。お前は狂歌など興味あるまいが、今の江戸の有力者はみな狂歌の会に集まり、親睦を深め、仕事を融通し合う。世に出るためなら、そういう努力も惜しむべきではないぞ」

重三郎は言った。

「あのときお前を、狂歌の歌から取ってうたまると名乗らせたな。その場しのぎの安易な名だったが、悪くない。苗字は、そうだな、わたしの実家のものでよい。その名前で仕事を受けるのはどうだ。誰にもバレぬ。うまくすれば五十両どころではない。百両も二百両ものカネが動く仕事だぞ。それにしたって、この旦那衆にとっては鼻紙代にもならない金額なんだ。ちゃんと働け

ば、たっぷりと稼げる。しっかりこなせば、カネも名声も手に入る——。そして、それはわたしも同じこと」

重三郎はそういうと、旦那衆に向かって、

「三浦屋様、大文字屋様、海老楼様。この仕事、ぜひこの蔦屋重三郎にお任せください。わたしは『吉原細見』の新版でこの吉原の客足を取り戻したことがございます。此度《こたび》もきっと吉原の評判を高めることができましょう」

と頭をさげた。

「それには、腕が確かで口が堅く、新しくて名を知られていない絵師が必要です。とびきりの錦絵を密かに描いて、江戸じゅうの評判をとる。男どもが、その美妓の絵に見とれ、よだれを垂らして吉原の大門前に列をなす。そんな絵を描ける絵師がね」

「それが、この若いかたという訳か。鳥山豊章さんと言ったかね」

「今、話した通り、狩野派や鳥山門下に差しさわりがありますゆえ、別の筆名で隠れ蓑をさせまする」

「ふうむ。つまり」

「そう。喜多川歌麿《きたがわうたまる》、にございます」

◇

勇助が池之端忍ケ丘の小さな家に帰ると、女房の於理世《おりよ》はすでに眠っていた。

主人の帰りを待たずに床に就くなぞ、小さいながらも絵師工房を守るおかみとしてはあるまじきことだが、勇助は許していた。

女房は病気なのだ。

(酒が、あったはず――)

勇助は於理世を起こさぬように静かに台所に降り、棚に置いてある酒瓶を取ってきた。

そして火取り皿に、ほんの小さく明かりを灯し、胡坐《あぐら》をかいて、茶碗酒をがぶがぶと呑み始める。

薄暗く狭い部屋の奥で、於理世は小さな寝息を立てていた。

暗闇に浮かび上がる於理世の横顔を見ながら、その陰影が、美しいと思った。

円《まる》く聡明そうな額。

所帯を持ってから剃った眉のあたりの盛り上がり。

長い睫《まつげ》毛と、小さいながら整った鼻筋と、小さな唇――。

しかしその肌の色は、病を得てから青白く張りを失っている。

その横顔を見ていたら、胸を締めあげられるような気持ちになった。

(俺のせいだ――)

勇助は、思う。

於理世はかつて、近所に工房を構える師のもとに住み込み、絵の修業をした同門の明るい少女であった。

多くの弟子が武家や商家の子弟だった中で、勇助と於理世のみが、師匠に引き取られた身寄りのない子どもだった。

老師は、本当の親のような愛情をもってふたりを育てたが、寂しい境遇どうしのふたりは、いつしか励まし合い、睦《むつ》み合うようになった。

若く不安な修業の日々に、於理世の存在だけが勇助の支えだった。

年季が明けると、ふたりは、周囲にまだ早いと言われながら、お互いの思いに急《せ》き立てられるように所帯を持った。

（こうなっては、絵で名をあげて、一家を成すしかない――）

二十代と若かった勇助は、一心に仕事に取り組んだが、この江戸の町に絵師などは掃いて捨てるほどいる。名をあげるのは至難のわざであった。

「いいのよ、勇助さん。焦らなくても。あたしは、あなたが天下一の絵師だってことを知っています。その実がある限り、いつかは蓮《はちす》の花が咲きますよ」

於理世は勇助を励ました。

そして、こうも言った。

「あたしを、画業の邪魔にならぬようにしてくださいましね。浮世の評判など、どうでもいいのです。良い絵を描いていれば、いつか世に出ることもありましょう。あなたが思う良い絵を、あなたが描きたいものだけを、描いていてくださいまし。絵に関しては、あたしに遠慮なぞ、決してなさいますな」

於理世は、自分も優秀な絵描きであるがゆえ、勇助がそれと比較したり、絵の題材の選択をためらったりすることを恐れたのだ。

その言葉に甘えて、勇助はやりたいようにやってきた。

一文にもならなくても、良い絵を描けた日は上機嫌で、謝礼があっても気に食わない絵を描いた日は不機嫌だった。無料《ただ》でも修業になると思えば、ひと月でもふた月でもその仕事に掛かりきりになり、その間は収入が途切れる。そんなことはしょっちゅうだった。

結果、ふたりは、ひたすら貧乏であった。於理世は朝から晩まで内職に明け暮れた。子供など、できようがなかった。

そして、ふたりが三十代になったとき、於理世が突然、倒れたのだ。

師匠の石燕が紹介してくれた医者は、こう言った。

「過労により滋養がたりておらぬ。もう働かず、おとなしく栄養をとるように」

粗食と重労働による過労であった。

石燕は、自分も貧乏なくせに、どこで工面したものか十両ものカネを持ってきて、弟子に渡しながら叱りつけた。

「勇助――。貴様、何をやっていたのだ。わが女房を養うは、男として最低限のことであろう。妻子を養えぬ男は、どこまでも半人前じゃ。お前の腕ならいかようにも口を糊することはできるはず。男ならしっかり働け！」

勇助は胸を締め付けられる思いだった。

身寄りもなく生きてきた勇助にとって、於理世はたった一人の身内である。天涯孤独な自分に、初めてできた家族だった。

その家族が、自分に甲斐性がないために病を得て倒れた。

（於理世が体を壊したのは、俺のせいだ――）

ひどくやせ細り、力を失っていく妻を見ながら、勇助はいつも考える。

（この世に、神仏がいるなら、俺から於理世を奪わないでくれ）

石燕師が貸してくれた十両は、あっという間になくなった。

カネが、必要だった。

そんなとき、知り合いの画材問屋に『黄表紙』と呼ばれる低俗な草紙を出している地本屋を紹介された。

「狩野派の修業を積んだ勇助さんには物足りないかもしれないが、日銭にはなる。下品なものだが、売れているからな」

そうして勇助は重三郎のところで、毎月開板《かいはん》される洒落本や黄表紙の挿絵を描くようになった。

（於理世――）

ひとり安酒に酔った勇助は、於理世に近づいて、その広い聡明そうな額をそっと撫でてやった。

（待っていろよ。五十両のカネを手に入れて、滋養の付く薬をたっぷりと買ってやる。良い医者

にも、診《み》せてやるぞ）

勇助は、暗闇でひとり、身じろぎもしない。

◇

一ヵ月後。

吉原仲之町の街路に臨む妓楼『三浦屋』の二階の控え座敷で、ひとりの中年男が緊張気味に酒を呑んでいた。

善野喜兵衛《ぜんのきへえ》と名乗るその男は、三浦屋が下野国栃木から呼び寄せた醤油問屋の四代目だった。栃木では狂歌師として名の知れた粋人で、吉原に出入りする文人墨客にも一目置かれているという。

確かに四十がらみのその男の横顔は、端正に整っている。洗練された所作は謙虚であり、男から見ても魅力的であった。

喜兵衛は、単なる絵師である勇助にも祝儀を差し出し、丁寧に言った。

「三浦屋さんが一世一代の勝負を賭ける美妓の水揚げの大役を仰せつかるとは、光栄の至りでございます。手前が若き折に、吉原でお世話になってから、もう七年も経つというのに、わざわざ使者を仕立ててお呼び出しいただくとは、身が引き締まる思いでございますよ」

水揚げ、とは、まだ男と寝たことのない少女に、初めて『床《とこ》でのこと』を経験させることを言う。

これから花魁になろうという美妓であれば、馴染みの客の中でも、人格、資産、家格、いずれもふさわしき男を選んで同衾させる。

妓楼としては少女が床のことを嫌いになっては困るわけで、特に大事な美妓の水揚げには慎重に相手を選ぶ。

そうして選ばれた男が善野喜兵衛というわけだった。

海千山千の三浦屋が、数ある江戸の名家名店からではなく、栃木にまで使者を飛ばして呼んだというのだから、その信頼度は計り知れない。

「お話をいただいてから、身を清めて参りました。誠心誠意、勤めさせていただきます」

誠意のこもった、落ち着いた表情である。

水揚げ相手は、それ以降も、その女﨟の後見になることが慣例であった。

(なかなかの男だ——)

勇助は、内心驚いた。

「——わたくしのような絵師にまで丁寧なお言葉を、ありがたく存じます」

「いえ、あなた様はこれから、鳥居清長先生、北尾政演先生に匹敵する、いや、その高名も超える活躍をなさる絵師になるお方だとお聞きしております。喜多川歌麿さま。これもご縁と末永くお付き合いください」

「まだ若造にございます。こちらこそ、今日は、誠心を尽くさせていただきます」

勇助は頭をさげた。

その日、重三郎が勇助に命じた役割は、前代未聞だった。

今日、長崎から到着した佐枝が、水揚げを経験する。

その顚末を、その目で見て、すべて絵図に描き残せ、というのだ。

「それを錦絵にして、売り出す」

とんでもない目論見だった。

だが、確かにそれは、評判になるに違いない。

破格の二百両の支度金で江戸に入った史上最高の美妓の、初体験の錦絵なぞ――。

やがて、三浦屋の階下から、玄関のざわめきが聞こえてきた。

佐枝が到着したのだろう。

まずは別の部屋に通される。

多くの女﨟は、禿《かむろ》から修業して、ご新造になっても大部屋で雑魚寝《ざこね》をしながら育てられる。その点、佐枝は格が違った。三浦屋はこの女を吉原の大看板にしようとしている。その扱いを周囲に誇示しているのだ。二階の奥座敷に集められた女﨟衆の嫉妬と怨嗟の視線が渦巻くようであった。

奥の間に佐枝が入ったと、若い衆が知らせに来た。

「さて――」

喜兵衛は、悠揚と立ち上がった。

焚き染めた香が、縞の着物から漂《ただよ》ってくる。

勇助も立ち上がり、その後ろを、腰をかがめてついていく。

ふたりが床のことをする座敷の控えの間が、勇助に用意されていた。

そこから、ふたりの様子を覗き見しながら絵を描き残す――。

「本日のお相手、下野栃木の善野喜兵衛様にございます」

若い衆の言葉に頷きながら、喜兵衛が部屋に入っていく。

勇助はそれを見送って、すぐに隣の部屋に入り、襖の隙間から座敷を覗いた。

窓際の明るい場所に、佐枝が座っている。

(えっ!)

その姿を見て、勇助は驚いた。

(お、於理世――)

佐枝は、若き日の於理世にそっくりだった。

今の、病気にやせ細り、肌の潤いを失った於理世ではなく、十代の頃、石燕の元で肩を寄せ合い笑い合っていたころの、輝くような於理世の姿であった。

(違う――あれは於理世ではない)

勇助は、くびをふった。

よく見ろ。

あれは、佐枝だ。

半分、阿蘭陀の血が入っている。

真っ白な肌。

円《まる》く健やかな頬。

どんぐりのように大きな瞳。

きりっと通った鼻筋。

ぷっくりと蠱惑《こわく》的に突き出した唇。

最高級の滑るような絹の着物を羽織っており、豊かな胸乳の谷間が見える。

(別の女だ)

どっと額に噴きだした汗を、勇助は手ぬぐいで必死に拭う。

手を伸ばして、用意された筆を取った。

指先が震えている――。

(お、落ち着け)

勇助は思った。

佐枝は、緊張した顔つきのまま、作法通りに三つ指をついて喜兵衛を迎えた。

「佐枝にありんす」

「やあ、三浦屋殿から伺った通りだ。本当に美しいかたですな。楊貴妃かと見間違《みまご》うほどだ。どうか畏《かしこ》まらず」

喜兵衛は、悠揚に言った。

「何も心配はいらない。何もかもわたしに任せておいてください。まずは、肩の力を抜きましょ

う。わたしの杯を受けてください」

「いえ、そのようなことは――それはわっち、わっちがなさねばならぬことでありんす」

「お気になさいますな。今日は、すべてわたしにまかせるのです。優しく致しますゆえ」

そういって喜兵衛は酒を注ぐと、しばし世間話をしていたが、ふと、慣れた風情ですっと膝をすべらせて、少女の肩を引き寄せた。

「あ――」

佐枝は、小さな声を出して喜兵衛の厚い胸板に頭をよせる。

喜兵衛は、ほほえみを浮かべて優しく頷きながら、

「大丈夫、怖くはしません。何も心配はいらないのですよ」

と、丁寧に櫛《くし》や笄《こうがい》を外していく。

少女の栗色の髪を優しくなでて、肩をほぐすように揉んで、ゆっくり、ゆっくりと、襟をくつろげ、胸乳を優しく撫でた。

さすがに三浦屋の手配である。喜兵衛の優しく巧みな手管で、佐枝は夢見るように目を閉じている。いくらか上気した頬に赤味が差しているようだった。

隣部屋からそれを覗き見しながら、勇助は歯を食いしばって腕の震えを止め、様子を絵に描き写し始めた。

(あれは、於理世ではない。於理世ではない)

自分に言い聞かせる。

それと同時に、

（この仕事を成し遂げ大金を得るのだ。そのカネで異国渡りの薬を手に入れる――）

とも考えた。

（仕上げはあとでやればいい。今はまず、しっかりと記録を残すのだ）

さらさらと男が胸に手を差し込む様子を描き、その絵を後ろに置くと、すぐに次の紙を手にとってまた模写を始める。背後に、あられもない絵が積みあがっていく。

善野喜兵衛は、すっと酒を口にふくみ、少女の桜の花びらのような唇に自らの唇を寄せて、そっと酒を流し込んだ。

「う――ん――」

あえぐような佐枝の声が聞こえ、ちろちろと、桜の唇の間から、桃色の舌がうごめくのが見えた。

勇助は、そっと自らの唾《つば》を呑みこみながら、その唇の間から見える舌を描いた。

自分でも驚くほどに妖艶な絵になった。

（こんな絵を自分が描けるとは――）

汗だくになりながら、勇助は目がくらむような思いがした。

それにしても喜兵衛はさすがである。

まだ子供であり、床の戸惑いの消えぬ美少女にまったく苦痛を与えず、巧みに両指を駆使して優しく体を開いていく。必死でそれに応える少女の上気した顔を覗き見しながら、勇助は夢中に

なっていた。

筆を持つ手が止まらない。

佐枝の表情が妖しく歪み、身もだえるように体を左右に動かすたびに、あらわになっていく白い魚《うお》のような肢体を、必死で紙に描き留めていく。

描いているうちに、

（確かに、佐枝は、於理世とは違う――）

だんだんと頭が冷静になっていった。

佐枝は、於理世とは比較にならぬくらい豊かな胸乳と細い腰を持っていた。すべてが曲線で描かれたような姿態は、いつか友人の洋学者に見せてもらった西洋の油絵のようである。

「ああ――」

次第に高くなっていく声を聞きながら、勇助は、思った。

彼女は今、この吉原で、必死で生きようとしているのだ、と。

「旦那様。優しくしてください。旦那様――ああ」

考えてもみよ。名高き長崎の丸山遊郭でも、島行《しまゆき》と呼ばれる阿蘭陀人相手の女﨟は身分が下だという。それにもかかわらず、佐枝の江戸入りには二百両ものカネが動いた。そして、誰一人味方のいないこの江戸に、たったひとりで乗り込み、古株の女﨟衆の頭越しに、一刻も早く花魁にならねばならぬ。最初から大名跡である『揚巻』を名乗るために買われた美妓なのだから。

どれほどの重圧であろうか。

その重圧をはねのけるには、評判をあげるしかない。

江戸で最高の男たちの寵愛を受けて、吉原に富をもたらすしか、生きる道はないのである。

喜兵衛はその最初のひとり。

下野のみならず、江戸にまで知られた豪商——これから自分の後ろ盾になってくれる男に、気に入られなければならない。

勇助は夢中になってそれを描きながら、涙が止まらなくなった。

（幸せに——みんな幸せになれたらいいのに——）

そんなことを考えながら、絡み合う男と女の裸を、必死で紙に描いていた。

やがて、儀式は終わった。

善野喜兵衛は後朝《きぬぎぬ》の莨を吸いながら、横で裸体を横たえて茫然と天井を見ている佐枝の髪をいとおしそうに撫でている。

「素晴らしい。あなたはきっと、江戸で一番の売れっ妓《こ》になる。数多くの女の肌身を抱いてきたわたしが保証しますよ。その美しい顔。滅多に見ないその豊かな胸乳と、くびれた腰。体の反応も良いし、声も良い。江戸の、いや日の本で一番の花魁になるために生まれてきたひとだ。それゆえ三浦屋さんもあなたに二百両の値をつけたのでしょうね」

誠意のこもった言葉だった。

「何も心配いりませんよ。これからは、この善野喜兵衛があなたの後見だ。わたしは遠く栃木にいるが、江戸には支店もある。なにかあったときは、力になるからすぐに使いをよこすのだ。店

の者にはよく言って聞かせておく。大船に乗った気持ちでいなさい。わかったね」

そういうと喜兵衛は雁首を叩いて、煙管をプッとふき、そこに置いた。

そしてゆったりとした態度で衣擦れの音を立てて着物を着ると、もう一度佐枝の頭を撫でて、部屋を出ていった。

佐枝は、そのままの姿勢で、夜具のうえに横たわっていた。

勇助は、

(終わった――)

と、ふりかえり、背後に散らばった絵図を改めて見た。

(描き切ったぞ……)

すると、隣の部屋から、うっ、うっ、という嗚咽《おえつ》が聞こえてきた。

佐枝の声だった。

あわてて襖越しに覗くと、佐枝は、泣いていた。

天井を見たまま、その少し青みがかった瞳に、あふれるように涙を流しながら、声を聴かれぬように口元をゆがめて、必死で耐えていた。

その姿に、勇助は、胸をつかれた。

「もし――」

佐枝が言った。

「わかっているのです。その襖の向こうに誰かいるのは」

えっ、と勇助は緊張した。

「きっと、三浦屋さんに頼まれたどなたかでしょう。すみません、お願いがあります。内緒にしますゆえ、誰にも言いませぬゆえ、お願いいたします」

「………」

「ほんの、少しの間でいいのです。なにも言わずにわたくしの体を、押さえつけてください。なにもしなくていいのです。心が、体から離れてどっかに行ってしまいそうです。誰か、誰でもいいから、ほんの少しだけ、体を押さえてください」

隣の間でその声を聴いて、勇助は絶句した。

体を押さえつけてください。

(於理世――)

於理世の魂があっちの世に行かぬように、押さえつけてやりたい。なぜかそうおもった。

「なにもしなくて構いません――おねがいします」

勇助は、襖をあけて、ずかずかと佐枝の寝間に入った。

佐枝はもう襦袢を身につけており、裸ではなかった。

勇助はだまって、この初対面の娘をぎゅっと抱きしめ、しばらくじっとしていた。

するとと佐枝は、ほっとしたように勇助にしがみつき、震えていた。

◇

「これほどとはな――」

勇助が持ってきた描画《したえ》を見ながら、重三郎は唸った。

「こんな絵、今まで、見たこともねえぜ」

重三郎は首をふった。

「勇助さん。おいらは、あんたはいつかすげえ絵師になるって思っていた。あんたを手放すまいと、普通の挿絵描きに払うよりも高めの潤筆料を渡してきたつもりだぜ。いつか描くべき材を見つけ、一流になる奴だと確信してな。だが、なかなかあんたは大人になりきれなかった。が、この絵を見る限り、とうとう一皮むけたな」

「これはまだ下描き――。これをこれから、どう料理するかが絵師の腕の見せどころだろ？」

勇助が言うと、重三郎は答えた。

「上手いだの下手だのっていうのは道楽で絵をやっている素人衆の言うことさ。おいらは本屋だぜ。上手かろうが下手だろうが、売れる絵は売れる絵さ。こいつは売れるぜ、勇助さん」

それを聞いて、勇助は心の奥が沸き立つような気持になった。

が、それを表情《かお》には出さない。

いつもの切れ長の目で重三郎を睨んでこう言った。

「こちとら、絵筆一本で世間様を押し渡ろうってぇ絵師だぜ。そんなおだてにゃ乗らねえや。絵が出来たら、約束の五十両はきっと貰うからな」

「あたりまえだ。この絵が錦絵で開板されたら、儲けは五十両どころじゃねえだろうよ。安いも

んだ――。この、色っぽい唇の間から、ちろりと覗く舌はどうだ。口を吸われる美人の目つきの、蕩《とろ》けるような様子はどうだ。こんな浮世絵を、おいらは見たことがねえ。佐枝を花魁として江戸じゅうに披露するとき、おいらは絵本から錦絵から、あらゆる手管をつかってお触れ回りをするつもりだ。佐枝が売れっ妓になるのと、喜多川歌麿が江戸じゅうの人気絵師になるのは同時ってわけだ。本屋冥利に尽きるってもんだぜ」

重三郎は大げさに興奮してみせた。

それを聞いて勇助は、

(ま、話半分に聞いておくさ)

と自制した。

もともと重三郎は、口先で世間を渡る商売人だ。ちょっとカネになると思ったら、おだてて乗せて、描かせて稼ぐ。そういう戯作者や絵描きは他にもいる。

その日、夕方に家に帰った勇助に給仕をしながら、女房の於理世は言った。

「旦那様――」

「なんだい」

「何か、良いことがありましたか――?」

にこにこと笑いながら、於理世は顔を覗き込む。

勇助は、少しうろたえながら、顔をつるりと撫でた。

「そう見えるか?」

「何年一緒にいると思っているのですか？」

於理世は、やせ細った腕で茶を淹《い》れながら、いたずらっぽく笑う。

「あなたがそういう顔をするときは、良い絵が描けたときと決まっています」

「ふふふ。そうか」

勇助は茶碗を受け取りながら、言った。

「近々、カネが入りそうなのだ。お前に、うまいものを食わせてやるぞ。楽しみに待っていてくれ」

「まあ」

「最近の耕書堂の仕事で、なにかを摑んだような気がする。すべては良くなる。カネも入り、お前に高い薬を買って、良い医者をつけたら、元気になる」

勇助は茶を呑んだ。

酒を呑みたい気分だったが、貧乏所帯にいつもあるものでもない。

「あたしはあなたが、良い絵を描いてくれることだけが望み。薬のことなどお気になさらず。わたしの存在《こと》があなたの画業の妨げになりませぬように」

「なにを言うか於理世。俺が絵を描けるのは、お前がここにおったればこそだ。お前がいるから俺は絵にへばりついているのだ」

「嬉しゅうございます」

「於理世——」

勇助は膝をよせ、ぎゅっと、於理世を抱きしめた。

於理世の魂が、この体から抜けないように、力を入れる。

「旦那様――」

於理世は目をつぶる。

於理世の体は、やせ細り、骨でごつごつとしていた。

胸乳はやせ細り、あばら骨が浮かんでいる。

それに比べて、佐枝の体は健やかで、弾むように柔らかく、胸乳は命の泉のような生気にあふれていた。

勇助の脳裏に、あの弾むような体の記憶がよみがえった。

◇

半月後。

三浦屋と吉原の町衆は、性急に佐枝を売り出した。

形としては新造であるが、すぐに花魁に格上げして看板とすることは織り込み済みであり、その扱いは破格であった。

重三郎と勇助は、日本橋の耕書堂の裏工房に詰めて、佐枝の絵の完成を急いでいた。

絵には二種類ある。

まずは佐枝の売り出しのため、本屋や茶屋の軒先に出す錦絵。最高級の衣装をまとった、派手

な全身の一枚絵だ。

もうひとつは、幕閣や諸大名の江戸留守居役、日本橋の大店《おおだな》の主《あるじ》など、吉原に莫大なカネを落とす太客《ふときゃく》向けに配る非売品である。祝儀の手ぬぐいや浴衣《ゆかた》の下に忍ばせる。こちらは世には出ないが、貴顕《きけん》の間で高額でやり取りされる。これは美妓のあられもない姿が描かれており、いわゆる『秘図』とか『まくら絵』とか呼ばれるものであった。

勇助がこのようなものを手掛けるのは、初めてである。

鳥居清長も北尾政演も、売れっ子と言われる絵師はみな、高額の謝礼でこういった絵を請け負うものだとは知っていた。だが、自分が手掛ける日がくるとは思ってもいなかった。

勇助は、子供のころから狩野派の画房で、ひたすら花鳥風月の素描を仕込まれた絵師である。熱心に修業をするあまり、さまざまの種類の蜻蛉《とんぼ》を捕らえては、羽翅《はね》をむしり、紙に並べて模写していて師匠に叱られたこともある。

師匠は敬虔な仏教徒で、余計な殺生、女犯は、決して許さなかった。

女の裸を描くなどもってのほか。

同じ絵師でも、鳥居清長とは住む世界が違ったのである。

果たして、一月後――勇助の仮名である『喜多川歌麿』による錦絵は、重三郎の耕書堂から開板された。同時に裏の贈答品である『まくら絵』も、江戸じゅうの貴顕の間に配られた。

それぞれ勇助と重三郎が、腕によりをかけた逸品である。

錦絵は、雲母摺《きらず》りといって、滅多につかわぬ雲母の粉を用いた特殊な印刷が施されていた。

まくら絵は、毛の一本一本にまでこだわり、表情の繊細な線まで彫師に注文をつけた上物であった。半裸の美妓の表情。抱く男の目の輝きにまでこだわっている。

（こんな浮世絵は、見たことがない）

これは、江戸じゅうに大変な評判となった。

絵師の名は、喜多川歌麿。

誰もその名を知らぬ。

（なんと、扇情的な――。そしてなんと、なまめかしい……）

また耕書堂が新しいことを仕掛けやがった。

絵は、開板間もないというのに、再版に再版を重ねた。

勇助は、確かに手ごたえを感じながらも、自分が歌麿であると名乗り出るつもりはなかった。

まずは家族が大事である。

吉原の旦那衆から贈られた謝礼を、まるっとそのまま家に持って帰り、嫌がる於理世を池之端のうなぎ店まで連れていって、無理やり食わせた。

「薬だと思って食え」

そして薬種問屋に頼んで、中国の薬を取り寄せた。

しかし、なかなか於理世の体調は良くならない。

名医と評判の医者にカネを包んで診てもらったが、

「難しい」

と首をふるだけだった。

内臓が痛んでいる。胃の腑のあたりにしこりが見える。時間がかかるだろう、と医者は説明した。

「ともかく、心に負荷をかけぬがよろしい。良い空気を吸って、心静かに過ごすことです――。また拙医に見せるように」

もっとカネが必要だということだった。

勇助は、日本橋の耕書堂に通って『歌麿』の仕事を増やした。

佐枝の絵は評判となって、美人画の依頼が次から次へと舞い込んだ。耕書堂はさながら歌麿への取次のような様相となった。重三郎は大喜びである。

この年まで女を描いたことのなかった勇助は、内心、どこかで戸惑いながらも、絵師として水を得た魚のように美女を描いた。

若いころから模写に優れた絵師であった勇助は、女に関しても、実際に見て、話をして、人となりを知ってからでないとうまく描けない。

(だが、面白い――。驚いたぜ。女には心があり、思いがあり、邪念がある。ゆえに面白い)

勇助は思った。

歌麿の描く美女は、江戸じゅうの人気となっていった。

そんなある日、池之端の自宅でくつろいでいた勇助と於理世のもとに師匠の鳥山石燕が乗り込んできた。

石燕老人は、庭の木戸をあけてずかずかと近づいてきて、勇助の顔を睨みつけ、叫ぶように言った。

「最近売り出し中の、喜多川歌麿とは、貴様か！」

手には、歌麿筆と署名の入った美人画が握られている。

「え――」

勇助の隣に控えていた於理世が、その絵を渡され、手に取った。

若く、みずみずしい美少女が妖艶に微笑んでいる絵であった――。

「わしは、師匠として貴様に言ったはずだぞ。いかにカネを積まれようと、下品でみだりがましい絵に手を染めるのは、下衆《げす》のふるまいぞと。幼きおり狩野派の修業をみっちりと積ませたであろうが。お前が『画本虫撰《えほんむしえらみ》』を開板したときは序文を書いた。『汐干のつと』には裏書きもした。なぜ辛抱して花鳥風月の絵画を追求せず、易きに流れたのだ！」

勇助は、じっと黙っていたが、やがて喉を絞って言った。

「お言葉ですが、お師匠様――。易きに流れたとは思っていません」

「なんだと？」

「女を描くのは、みだりがましきことではございません。虫を描くことや鳥を描くことと同じ難しさがあり――いや、もしかしたら、もっと難しいものかもしれません。虫や鳥に仏心があるように、女には心があります。それを描くことは絵師として重き事でございます」

「師の教えに、逆らいおって！」

「お師匠様――。わたしにはカネが必要なのです。お師匠様がおほめになった『画本虫撰』も『汐干のつと』も売れませんでした。吉原の花魁、佐枝を描いた錦絵はもう、五度目の再版になります」

「貴様――、その佐枝とやらと、どんな関係だ！」

「これはしたり。どんな関係とは、これいかに」

「おまえには於理世という女房がある。そうでありながら、あの耕書堂とかいう不良どもとつるみ、悪所に出入りして女遊びなど。まだ一人前でもあるまいに！　わしは貴様をそのような蕩児に育てた覚えはない」

「これは胸を張って言わせてもらいます。憚りながらわたしは幼き頃より於理世だけを愛し、睦み、守って生きて参りました。於理世はわたしの命でございます。そのわたしが浮気をすると？　誓って外で女など抱いておりませぬ。於理世の前でとんだ雑言《ぞうごん》だ。於理世」

と、於理世を見て、

「俺を信じておるな。幼きおり、師匠や贔屓《ひいき》筋が反対しても、お前を奪い取るように嫁にした。その時の気持ちは今も変わらないぞ」

と言った。

於理世は、消え入りそうな弱った笑顔を浮かべ、何も言わぬ。

手には、歌麿筆の佐枝の美人画が握られている。

今にも動き出しそうな肢体。その誘うような表情が、男の心の柔らかいところをわし摑みにせ

ずにはおれない。

一級品であった。

於理世は、じっとその絵を見た。

するとみるみる間に、その目に涙が盛り上がってきた。

「於理世」

石燕老人は、於理世に駆け寄り、顔中のしわを歪ませて、その細い肩を抱きとめた。

「大丈夫か、於理世――」

すると於理世は、弱よわしい声で言った。

「おめでとうございます、旦那様。あなたはついに摑んだのですね。あなたが本当に描きたいものを、見つけたのですね。同じ絵師として、あなたはいつか、世に出るひとだと思っていました。そしてそれを果たすのは、あなたが一生かけて描くものを見つけることができたときだと思っていました。今この時、あなたは、それを見つけたのですね――」

「於理世」

石燕は於理世を抱いたまま、身じろぎもしない。

「この絵が江戸じゅうの評判になっていることは、よくわかります――。この花魁と心が通じ合っていなければ、このような絵は、描けますまい」

「何を言う於理世。わたしがこの美妓を描いたのは、すべておまえに良いものを食わせるためだ。それ以外になにがあろう」

「うるさい――絵師であれば、この絵がどういう絵か、わかろうというもの」

石燕は言った。

「この女と情が通じていなければ、このような念のこもった絵が描けるものか。貴様は絵師であるまえに人間であろう。そして夫であろう。体だけならともかく心のことであれば、もっと罪深きことであろう」

「お師匠様。なにをおっしゃいます」

「おやめください」

於理世は細い声で、鋭く言った。

「わたしは、まもなく死ぬ身でございます！」

「何を言うのだ」

「いいえ、わかってございます――いつの日か、わたしの体は、わたしの言うことを聞かなくなった。なぜでしょう。旦那様の愛情に支えられ、その気持ちに応えたいと思いながら、病は進み、何もできません。女房らしきことは何もできずにおります」

いつしか於理世の両眼から、涙が溢れていた。

「この胸を見てください。わたしの胸は病気のため老婆のごとく萎んでしまいました。足も腕もやせ細りました。こんな体を抱いても、何も面白くないでしょう」

「そんなことは、どうでもいいのだ、於理世」

「いえ――。男女のことですから、大事なことです。この絵の女を見てください。なんと豊かな

胸乳でしょう。なんと美しい肌でしょう。鼻筋は通り、目はくろぐろと美しい。わたしが病を得て失ったものを全て持っています」

「於理世」

「もうすこし、あなたのそばにいたかった。もういちど、あの夫婦《めおと》になったばかりの頃の楽しさを、味わいたかった」

於理世は、そう言うと、

「うっ」

と、えずき、どーっ、と吐いた。

「於理世！」

石燕老人は、そう叫ぶと於理世の背中をさすりながら、勇助を睨みつけた。

「勇助――。於理世はわしが育てた絵師であるぞ。その腕も、絵を見る目も確かだ。その於理世に、いつまでも隠し通せると思ったか！」

「お、お師匠様。於理世はいつでもわたしに言いました。旦那様、遠慮なさいますなと。自分の存在が、わたしの絵の材を探すことの妨げにならぬようにと。家のこと、妻のことは気にせずに、自在に画業に励みなされと」

「愚か者！」

石燕は喝をくれた。

「なぜ於理世が吐いておるのか、それがわからぬのか――。絵を見れば、すべてがわかるの

だ！」

「お師匠様」

「貴様は、魂を売ったのだ。わがままな男よ。自分の描きたい絵のためなら、他のことはどうでもいい。大事なものを傷つけても気にもせぬ。貴様のような男は一生幸せになれぬ。いかに有名になろうと、心の安寧は決して訪れまい。何人の女を抱いても本当の幸せは摑めぬ。せいぜい冥府魔道をさまようがよい」

「う――」

「わたしは教えたはずだ。絵を描くときは、万物に宿る仏心を忘れるなと。余計な殺生をせず、女犯の誘惑に負けず、ただ一心に、仏の在るこの世界を映すのだと。身を清め、慎み、カネや名声や女の誘惑に身を落とすことなかれと。そうすれば、本当の画道を極められる。それを破り、みだりがましき悪所にて、悪人たちと付き合い、安易にも女の裸などを描いている貴様を、わしはもう弟子とも思わぬ」

石燕に肩を抱かれた於理世は、うっ、うっ、と体を震わせて、胃の中のものをすべて吐き出している。顔が真っ青であった。

「絵師は絵師である前に人間だ――。わしの大事な義娘《むすめ》である於理世を、もらって帰るぞ。人間でないもののもとにおいて病気がなおるとも思えぬ。貴様のような、自分の絵のことしか考えていない男のもとでは、於理世の病は癒せぬ」

そう言うと、石燕は、大きく手を打った。

外に控えていた駕籠《かご》かきが、庭に入ってきた。

「於理世――。おまえが育った画房に戻るぞ。義母《はは》もいる。弟子どももいる。こんな家で、ひとりでこの男の帰りを待っているような暮らしはもうやめろ。家に帰れば、一日中、誰かがそばにいてやれる。綺麗ごとを言いながら、心の奥底では自分のことしか考えてはおらぬような男のそばにおってはならぬ」

於理世は、石燕に守られるように、家を出ていった。

◇

そして、於理世はその直後、石燕の家で、亡くなったのである。

◇

一ヵ月後。

吉原の『桔梗屋』で昼から酒を舐めていた勇助のもとに、使者が訪れた。

異例の速さで新造から花魁に出世した新しい『揚巻』、すなわち佐枝からの使いであった。

「あなた様が茶屋にいらっしゃると聞いて、お誘い申し上げます。昼見世には出ませぬので、夕方まで、ちょいと話し相手になってくださいませ」

佐枝は、そう言ってきた。

勇助は身支度を整え、ひさびさに吉原の奥、三浦屋の二階に上がった。

揚巻専用の豪奢な角部屋で、佐枝は勇助を待っていた。

「繁盛のご様子ですね――。おめでとうございんする」

佐枝は笑った。

相変わらず、息をのむほど美しかった。

水で洗った肌は、つるつると輝くようで、頬にも目じりにも皺ひとつない。

目は大きく少し青みがかっており、鼻筋は通り、唇は蠱惑的に突き出している。

「いえ。佐枝殿――いや、今は花魁の揚巻様ですな。あなたが美しいゆえ、わたしの絵も売れたというわけで……。揚巻様こそ、吉原じゅうの、いや、江戸じゅうの人気者ではございませんか。あなたさま一人で、この吉原全体が潤っている」

「佐枝と呼んでくださいい。その呼び名のほうが好きです」

佐枝は、遠くを見た。

「わたしの人気は、作られたものです。それぐらい、わかりまする」

「あ――」

勇助は、その横顔を、改めて見た。

そして、これはやはり、凄い女だと思った。

美しいだけでなく、聡明なのだ。

「なぜ佐枝の名が好きかといいますとね。――佐枝とは、阿蘭陀の国の花だという鬱金香《ちうりつぷ》から取った名前だからです。わたしの父は、長崎出島の商館の秘書官だったと言います。一度も会った

ことはありません。母は芸妓で、父の現地妻に過ぎませんでした。慰みものです。でも父は、わたしが生まれたときにとても喜んで、地の果てにある自分の国の花にちなんだ名前をつけたのだそうです。それが佐枝の名です。この名で呼ばれると、わたしは、自分が土から生えた人間ではないと思えます。暗闇からきて暗闇に帰る存在ではなく、父と母が確かに生きていて、人間同士の間に、なにかしらの感情の行き来があって、ちゃんと生まれた子なのだと思えます。だから、あなたさまには、佐枝と呼んで欲しい」

「佐枝殿」

「勇助さん——あたしを、綺麗に描いてくれてありがとう」

「いえ、あなたはもともと綺麗です」

それを聞いて佐枝は、目元だけで、にっこりと笑った。

「あの絵を見た男たちが、あれから毎晩、大勢やってきます」

そして、目をふせる。

「彼らは三浦屋に大枚を払って、順番にこの部屋に入って来る。ぎらぎらした顔つきで、鼻息をふいごのように鳴らして近づいてきて、嬉しそうに、わたしの体を味わう。あの水揚げのあと、嫌というほど、男に抱かれましたよ。彼らは、わたしを見ていない。あの絵を見ているのです。あなたが描いた、妖艶な絵をね」

「はあ……」

「責任《せめ》を負ってくださいますか」

「責任を？」

勇助は、顔を上げて、まっすぐに佐枝の顔を見た。

その口元に相変わらず優しげな微笑みが浮かんでいたが、悲しげだった。

「心がどこかに離れてしまって、消えてしまいそうです」

「佐枝殿」

「心が体から離れてしまわぬように、押さえつけてください」

その顔は、真剣であった。

勇助は、頷くと、

「御免」

とつぶやき、膝をすべらせて佐枝に近づいた。

そして、重い着物の上から、ぎゅっと両手で、佐枝を押さえつけた。

「ああ――」

佐枝は、大きく嘆息して体の力を抜き、ぐ、っ、た、り、と勇助にもたれかかった。

「気持ちのいいこと」

最高級の香り袋の匂いがする。しっかりと洗って糊付けされた着物の香り――。そしてなにより、健やかな女の色濃い命の息吹を感じる。

しばらく、ふたりは、じっとそうしていた。

窓の外から、吉原の仲之町街路の賑わいが聞こえる。

この部屋だけが、静かだった。

するとふいに、佐枝が顔をあげた。

「どうしたの？」

「あ――」

気が付くと、勇助の目から、大粒の涙がこぼれ、佐枝の襟もとにぼたぼたと落ちていた。

佐枝の、若い肌の凝脂に弾かれた涙のつぶが、鎖骨のくぼみにころころと転がっている。

勇助は、それに気が付くと、動揺した。

（泣いている――。くそう。俺は泣いている）

それを見た佐枝は、驚いた様子だったが、すぐに立ち上がり、今度は勇助を上から押さえつけた。

ぎゅっと、強く、押さえつけた。

「大丈夫――。大丈夫よ。心が離れないように、押さえつけてあげるから」

違う、と勇助は思った。

自分の心と体なんぞ、どうでもいいのだ。

たとえ死んでも、心が離れていなければ、寂しくなかった。

だが、於理世は、心が離れたまま、死んでしまった。

自分は、やはり、絵を選んだのだ。

愛する妻を、ほんの短い人生の間だけでも幸せにすることよりも、裸の美人のあられもない姿

を描くことを選んだのだ。体の話ではない。心の話だ。俺は、女が好きだ。美女を描くことが大好きだ。そうだ。俺は、妻よりも、自分のほうが大事だったのだ――。

佐枝の豊かで柔らかな胸のふくらみに顔をうずめながら、

「くっ……く――」

押さえつけるように、勇助は泣いた。

◇

その夜、勇助はひとり工房で、一枚の絵を描いた。

若い男と、若い美妓が、裸になって絡み合うようにお互いの体を貪《むさぼ》り合っている。

男は、女の豊かな胸乳を揉みしだきながら、無我夢中になって舌を絡め、その巨大な魔羅《まら》を含処《ほと》に差し入れんとしている。

そして、その奥に衝立《ついたて》があり、その向こうで、素人の女房が、それを恨みがましく覗いていた。

悲し気な、切ない顔つきで、若い男と女の情事を見つめていた。

勇助は、若い男の脇に〈勇助〉と書いた。

衝立の女の脇には〈理世〉と名を書き入れる。

絵の署名は『歌麿筆《うたまるひつ》』とした。

そして、勇助は、この絵を残して、江戸から姿を消した。

◇

喜多川歌麿の研究史上、寛政三年は、空白の一年とされている。

生涯にわたって多作を極め、若手の頃から死の間際まで大量の作品を残している歌麿が、なぜかこの一年間だけは絵を描いていない。

最新の研究では、この時期の歌麿は、栃木の豪商・善野喜兵衛の元に身を寄せていたことがわかっている。

なぜ、これからという時期に江戸を離れたのか。

歌麿の絵に描きこまれたものと同じ理世という名の女性が、寛政二年、のちに歌麿が埋葬されることになる浅草専光寺に葬られていたことがわかった。

想像をたくましくすれば歌麿は、この女性の死の衝撃に耐えられず江戸を離れたのではあるまいか。

喜多川歌麿が、蔦屋重三郎と組んで、『大首絵』と呼ばれる独特な構図の美人画を発表して江戸の町を席巻するのは、歌麿が江戸に舞い戻ってきたあとである。

その後、浮世絵史上最大の人気絵師となった歌麿は、生涯、艶福家として知られ、常に美女を身の回りに置き、遊女、町娘、職工、女房、と、あらゆる階層の女を描き尽くした。

歌麿の全盛期に耕書堂で下働きをしていた曲亭馬琴《きょくていばきん》は、その随筆に『歌麿には妻もなし、子もなし』と書いている。

明治以降、外国人研究者によって発見されたウタマロは、その狂気に満ちたポルノグラフィティで世界中にファンを持つに至った。

生涯独身を貫き、美女に囲まれ、美女を描き続けて生きたという歌麿に、本当は妻がいたのかどうか、それはわからない。

あの絵に描きこまれた〈勇助〉と〈理世〉という文字が、何を意味するのか、それもまたわからない。

歌麿が残した多くの『美女』たちは、現在、英国大英博物館、米国ボストン美術館など、その多くが海外の美術館に所蔵されている。

桔梗屋の女房

桔梗屋《ききょうや》を出たとき、重三郎《じゅうざぶろう》は、女房に呼び止められ、手紙を渡された。

「これを、倉橋《くらはし》様に渡しておくれな」

驚いた。

手紙を渡すなら、皆で話をしていたときに渡せばよい。

亭主や仲間に見られたくない手紙であろうか。

重三郎は思わず女房の顔を覗き込む。真っ黒な髪をひっ詰めて、止め櫛を乱暴に挿した無愛想な女である。ただ、その瞳の奥に必死の影を見て、重三郎は息を呑んだ。

「——渡せばわかるのかい？」

「ああ」

「ツケの催促か何かかい？」

「まあ、そんなもんだね。頼んだよ」

女房は乱暴に言って店に戻っていく。重三郎はその背中を見送った。

桔梗屋は吉原仲町のいわゆる引手茶屋で、重三郎の叔父が営む茶屋の並びだった。女房のトメ

は昔馴染みで、気の置けない商売仲間でもある。詮索しないのが筋というものかもしれない。重三郎は手紙を懐にしまうと口元を引き締めた。

（さて、どうしたものか）

今日、ひさびさに桔梗屋に仲間が集まって談合をしたのは、その『倉橋様』のことだった。

「ともかく、奴が心配だ」

そう口火を切ったのは、秋田佐竹の久保田藩江戸留守居役の平沢常富《つねまさ》、通称平角《へいかく》である。平角は骨太で背が高いサムライで、頬骨の高い豪放な顔つきをしている。若い頃には吉原遊郭で派手な接待外交を行ったやり手だったが、今では白髪も増え、目尻に皺のよる年齢となった。

平角は痰《たん》が絡んだような口調で、言った。

「病気だとの触れ込みだが、果たして本当にそうなのか。難しいことに巻き込まれているに違いねえ。蔦重《つたじゅう》、奴のことを頼む」

頭を下げられた重三郎は、

「当たり前です。わたしには恩がある。確かめずにはおれません」

と、語気を強めて請け合った。

重三郎は、日本橋通油町《とおりあぶらちょう》に本店を構える書肆《しょし》『耕書堂《こうしょどう》』の主人であり、蔦重の愛称で知られた江戸出版界の風雲児である。

出版界では後発だったため、人気の作家や絵師を起用することができず、吉原遊郭で遊んでいた平角や、その仲間で駿河小島藩の倉橋寿平《じゅへい》に声をかけてモノを書かせた。

二人は文筆の玄人ではない。

俺たちに書けるのはこんなもんだぜ、と戯《ざ》れ文《ぶみ》の間に絵が描かれたものを持って来た。平角が文を書き、倉橋が絵を描いている。しかしこれが面白かった。吉原で遊ぶ若者たちの気風《きっぷ》が見事に表現されている。まだ版元株を持っていなかった重三郎は書肆の『鱗《うろこ》形屋《がたや》孫兵衛《まごべえ》』に持ち込んで洒落本として開板《かいはん》してもらった。するとこれが江戸じゅうの評判となった。鱗形屋が売れるか分からないと渋って安い紙に印刷したために『黄表紙』と呼ばれた。

こうして生まれた『黄表紙』は、老舗書店や学者、玄人作家や絵師たちに、軽薄で読むに堪えないと評されながらも、大変な人気を呼んだ。肩の凝らない内容で、湯屋の二階や茶屋の待合で読み流すのに丁度いい。やがて鱗形屋が潰れ、重三郎が地本屋《ぢほんや》の株を手に入れると、これを自分の手で開板するようになる。

耕書堂の本は軽い、下品だ、と言われながらも飛ぶように売れ、江戸で一番の存在になったのである。

（ふたりのおかげで、おいらの商売が立ち上がったンだ。その恩を忘れたら男がすたるぜ）

重三郎は思った。

ふたりの筆名は、平角が朋誠堂喜三二《ほうせいどうきさんじ》（干されても気楽、の意味）、倉橋が恋川春町《こいかわはるまち》（屋敷がある小石川春日町のもじり）という。その筆名の示すとおり、ふたりの売りは吉原仕込みのシャレと諧謔《かいぎゃく》だった。

ふたりは吉原大門に近い引手茶屋『桔梗屋』を根城にして、呑んで遊んで仲間を増やし、そこ

での戯れ話を『黄表紙』に仕立てては名をあげていった。

その名声によって官民の人脈も手に入れ、それぞれ出世の階段を昇っていく。昼となればサムライ、夜となれば戯作者《げさくしゃ》。ふたりは江戸の寵児となった。

風向きが変わったのは天明六年、叩き上げの老中、田沼意次《たぬまおきつぐ》が失脚し、翌年血筋の良い松平《まつだいら》定信《さだのぶ》が老中首座となってからである。

松平は田沼時代の下品で浮かれた風俗を、端正にして真面目なものに改めるべしとして奢侈《ぜいたく》禁止令を発布し、庶民の娯楽の統制を始めた。

サムライの身分がある平角と倉橋は、町方の奢侈禁止令の統制からは逃れた。だが、仲間の窮地を見かねた平角は『文武《ぶんぶ》二《に》道万石通《どうまんごくどおし》』、倉橋は『鸚鵡《おうむ》返《がえし》文武二道《ぶんぶのふたみち》』という洒落本を出し、幕政を痛烈に皮肉った。そして、その代償は大きかった。

平角は言った。

「あの本のせいで、お叱りを受けた。隠居して秋田へ帰れとのお達しだ。近々江戸を出にゃアならねえ。倉橋を残していくのが心配だ。松平定信の野郎が倉橋の『鸚鵡返』に腹を立てているらしい。くそう、あの真面目くさった田舎大名め。気に食わねえなら男らしくそう言えばいい。一度この作者に話を聞いてみよう、などと倉橋を御城に呼び出したそうだ。どんどん田沼派を粛清しているくせに――のこのこ御前に出てみろ、首を切られちまうぜ」

平角は爪を噛んだ。

平角は以前から、武士なのに町人のような口をきく。

それに対して倉橋は今でも謹厳な武家言葉を使う。根が真面目なのだ。

(倉橋さん——無事でいてくれ)

肩をすぼめて歩く重三郎の頰に、怒りの表情が浮かんでいる。

◇

重三郎が倉橋に会えたのは、梅雨が明けた閏《うるう》水無月[六]のことである。

倉橋は軟禁されていた。

春日町の屋敷の前には六角棒を持ったサムライが並び立ち、何度訪ねても、けんもほろろに面会を断られる。

しかしある日、いつものように追い返されて肩を落として帰る重三郎に、裏木戸から出てきた倉橋の妻が声をかけてきた。

「もし、もし、耕書堂様——、こちらです」

倉橋の妻は、平角が紹介した元遊女で、重三郎とも顔なじみである。

重三郎は、裏木戸から密かに庭の離れに案内された。

倉橋は、妻に隠されるように部屋に入ってきた重三郎を見て驚き、

「こ、これは耕書堂さん。失礼つかまつりました」

と居住まいを正した。

倉橋は書斎に紙を置き、絵皿に墨を磨って戯れ絵を描いていた。

その頬は見る影もなく痩せこけ、目の下にはうっすらと隈《くま》が浮かんでいる。

「倉橋さん――」

重三郎は倉橋の窶《やつ》れた顔を見て涙が出そうになった。

「やっと会えました」

「申し訳ありません」

「これは？」

部屋いっぱいに広げられた戯れ絵の数々――。

「ははは。気晴らしです。戯れ絵でもやらねば、やってはいられません」

「大丈夫ですか？　ご病気と伺いました」

「このとおり、元気ですよ。病気は公儀の呼び出しに応じぬための方便です」

「――よいのですか」

「構いません」

倉橋は肩を揺らして、頬を痛々しく歪めるようにした。

「平角さんは秋田にお移りになりました。もう江戸にはいらっしゃらない」

「伺いました。何度か手紙をいただいたようだが、屋敷の者に握りつぶされていたらしい。妻の女中に佐竹屋敷から密書が届きましてね」

「ひどいですね。まるで罪人だ」

「ええ、罪人です」

倉橋は肩をすぼめる。

「老中首座松平定信公のご政道を、小藩の江戸留守居であるわたしが茶化した。分を弁《わきま》えぬ不埒《ふらち》なふるまいというわけで――。わたしは罪人です」

「そんな。倉橋さんは白河公（松平定信）の臣にあらず。主は丹波守様《たんばのかみ》でございます。丹波守様のお達しがなければこのようなことにはなりますまい」

「その丹波守様がお怒り故、この様《ざま》なのですよ。お家に恥をかかせおって、家臣の風上にもおけん、と、こういうわけです」

「ええッ？」

重三郎は目を剝《む》いた。

「そんなことが、あるんですか？」

「――町人である耕書堂さんには想像もつかないことでしょうが、武家とはこのようなものです」

倉橋は、ほろ苦《にが》く笑っている。

重三郎は、頰を膨らませた。

「納得行きませんな。丹波守様は昔、ずいぶん倉橋さんをかわいがったではありませんか。一時は側用人として重用されたほどだ。それがどうしたことですか」

「世間の風向きが変わったのです。上が変われば、言うことが変わる」

「なんですか、そりゃ。筋が通らねえ話だ」

「ははは。耕書堂さんと話していると、気分が明るくなりますな。でもね、武家なんてそんなも

のですよ。普段は偉そうにふんぞり返っているくせに、上の方針が変われば顔色を見て右往左往。わたしのようにボーッとしたものは乗り遅れて、気づけば叩かれる場所にいる」

「はあ――」

「わたしはね、耕書堂さん。倉橋寿平であると同時に恋川春町でもある。サムライの『倉橋寿平』はお上の命にも従うが、戯作者の『恋川春町』は従いません。かれこれ二十年、吉原であなたと粋《いき》に遊んできた。磨きに磨いたこの粋を、田舎大名の一言で捨ててたまるか。だからこうして白河公の呼び出しに従わず、殿のお叱りも聞き流し、病気と称して戯れ絵を描いているってわけで」

重三郎は部屋に散らばった絵を手に取り、ジッと見た。

煙の上に乗る仙術（手品）を披露しようと、煙の中に隠した梯子で必死に体を支えている男。口にヤカンを咥えて水を呑みながら、小便を滝のように出している男。駒から瓢《ひょう》簞《たん》を出そうとして、馬の尻の穴を覗いている男――くだらない。思わず笑ってしまう。

重三郎は笑顔のまま顔をあげ、ハッとその顔を凍らせた。

障子を背にした倉橋の顔が、ひどく疲れたような、生気がない表情に見えたからだ。

「――倉橋さん」

重三郎は言った。

しばらく沈黙があって、倉橋は言う。

「耕書堂さん……。わたしは、疲れました」

やっと言える、という風情だった。

「世間の風向きが変わると、とたんに人は本性を現す。今までニコニコと話していた人間が敵となる。今までよいとされてきた振舞いの揚げ足を取られ、嗤《わら》われ、貶《おとし》められる——。そして嗤う者どもは揃いも揃って、正義づらをしている」

倉橋は怒っていない。

ただ疲れていた。

なにもかも諦め、気力を失った顔つきだった。

「人間は落ち目になったものを叩く動物ですね。誰かが弱い立場になったと見ると嬉しそうに集まって、ここぞとばかりに叩きに叩く。わたしは自分が失敗したとは思わない。後悔なぞは何もない。やるべきことをやったのだ。しかし、今は極悪人のごとき扱い——ならば、もういい。こんなに悪く言われるのなら、それでいい。私が悪でいい。消えてしまえばいいのだ」

「なにを言うのですか。それは狭いサムライの世界でのことでしょう。あなたの戯作は今でも江戸の町で人気だ。恋川春町と言えば、粋な洒落で爆笑を生む戯作の王様。何が悪いことがありましょうや」

「そのことさえ、今の家中では悪く言われています」

「なぜですか、滝脇松平のお家は、あなたが吉原で築いた交友のおかげでさんざんおいしい思いをしたではありませんか。人気戯作者が幕閣の重役を接待したゆえの、特別なおはからいもあったと聞いています」

「それは過去のこと。ご政道が変わった今では『もともと倉橋は戯作にうつつを抜かしてお家の

仕事が疎《おろそ》かであった』などと言われている。そもそも外様である私が側用人であったことを面白く思わない譜代衆もおるのです」

「バカな――」

「耕書堂さん、私の人生はなんだったのでしょうね。倉橋家に養子に入ってから、必死に働いて奉公し、吉原遊郭で遊ぶときすら、お歴々に気を使っていた。小藩ながら少しは出世もしたし、名も売れた。だが、それは時世が変われば無用の長物。吹けば飛ぶような泡だったのだ」

思わぬ言葉に、重三郎は絶句して奥歯を噛んだ。

倉橋の言葉は切実だった。ずっと誰かに言いたかったのだろう。重三郎は受け止めるように黙りこみ、その顔をじっと見た。

障子の外をオナガが、ぎゃあぎゃあと騒ぎながら飛び去っていく。

重三郎の腹の奥底から、どうしようもないやり切れなさが湧いてきて、思わず胸に手を当てた。

そして、はっとした。

懐に入れた手紙に気が付いたからだ。

重三郎はそれを、取り出した。

「なんですか?」

「は、はあ。このようなときに場違いで申し訳ないのですが――、桔梗屋のおかみがいますな。あの無口で無愛想な。あのおかみがわたしを捕まえて、これを、あなた様に渡しておくれと」

「えっ」

倉橋は驚いたように叫ぶと、重三郎が手にした手紙を奪うようにして手に取り、

「御免」

と言って、読み始めた。

するとみるみる間に顔色が変わり、倉橋の目に涙があふれてきた。

重三郎は唖然とする。

「忝《かたじけな》く。まことにもって、忝く」

倉橋は唸るようにそう言うと、重三郎に頭をさげた。

「冥途《めいど》の土産にこれほどのことはありません」

◇

「冥途の土産——そう言ったのですか？」

桔梗屋の女房は、目を剝いた。

「ああ……。倉橋さんは相当追い込まれている。どうやら御家中に味方がいないようだ。厳しかろう」

それを聞いた女房は真っ白な顔をして、瘧《おこり》を起こしたように震え出した。

意外であった。

この無愛想で何を考えているかもわからぬ引手茶屋の女房が、人気戯作者で粋を地で行く倉橋寿平のことをここまで気にするとは。確かに桔梗屋にとっては便利な太客《ふときゃく》ではあったが、それ

にしたって過ぎることではないか。

店の奥で、桔梗屋の旦那が騒いでいる。

「トメ、なにを話してるんでえ。上の座敷の差配をしろい！」

不機嫌な声だ。

悪い男ではないが、昔から気分屋で、ひとの見えないところで女房を怒鳴る。客前でニコニコしていながら裏でドスを利かせる。吉原によくいる型《かた》の男だった。特に今は幕府の奢侈禁止令で客が減ってイラついている。

女房は舌打ちをすると、今行くよ、と奥に怒鳴っておいて、重三郎の袖を引き、

「ね、さぶちゃん」

と、子供の頃の呼び名で呼んだ。

「後生だよ。昔馴染みのよしみで頼みを聞いてほしい。あれにも内緒だよ。誰にも言わないって約束しておくれ」

「あ、ああ。いいとも」

重三郎は勢いに気圧《けお》されるように言った。

「一目でいい。浜町に奉公に出ている綾乃《あやの》を、倉橋さんに会わせてやってほしい」

「綾乃ちゃんを？」

綾乃というのは、桔梗屋の総領娘である。乱暴者の亭主と無愛想な女房には不似合いな別嬪《べっぴん》だった。昔から吉原で生まれた美人の運命は決まっている。花魁《おいらん》になるか妓楼の女房にでも収まっ

て、吉原の中で一生を終える。しかし、この娘は不思議に小さな頃から吉原を出て町人奉公に出るというのが口癖だった。誰から吹き込まれたのか、吉原を出たい、それればかりを考えて生きているようなところがあった。

娘の反抗的な態度に根負けしたのか桔梗屋は、綾乃を十二の年に日本橋浜町の医局『天真楼』の奉公に出した。天真楼といえば民間にあって江戸で一番の医局である。いったいどこに伝手《つて》とカネがあったのかと町内の話題になったものだ。

「綾乃ちゃんは確か――」

「ああ。奉公に出てから、一度も吉原には戻っちゃいない。あの子はここを嫌っているからね。だけど、何も聞かずにお願いしたい」

女房は必死だった。その表情を見て、重三郎が理由を問いただそうとしたとき、亭主の怒った声がふたたび聞こえた。

「トメ！　聞こえねえのか！」

慌てて女房は振り返る。

「たのむ、たのむ――。さぶちゃんしか、あたしには頼るものがない。それが倉橋さんのためでもある」

そう言って店の奥へと戻っていった。

その背中を見送って、重三郎は首をひねりながら叔父の引手茶屋に戻った。

叔父の引手茶屋の一角を借りて始めた貸本屋が今の耕書堂の元である。吉原大門前の店舗を売

り払ったあとも、支店として残してもらっている。

重三郎は、薄暗い書庫に座って考えた。

手元に平角と倉橋が初めて耕書堂から出した黄表紙『親敵討腹鞁《おやのかたきうてやはらつづみ》』がある。おとぎ話の『かちかち山』で親を殺されたタヌキが、ウサギにかたき討ちをしようとするという洒落話である。真っ二つにされたウサギが鵜（ウ）と鷺（サギ）になる。おちゃらけているとしか思えない内容だが、ふたりはかつて、この手の本を鱗形屋と耕書堂から次々に出した。

世の知識人はさんざん子供だましだと罵った。しかしふたりは、意にも介さなかった。新しいものを作ってやる。何百年も前から脈々と作られてきた大人の世界の権威を、蹴飛ばして笑い飛ばしてやろう――そんな時代の気分が、若かったふたりの背中を押していた。

「偉い老人どもは裃《かみしも》を付けて、黴《かび》の生えたしきたりなんぞに支配されて、ご苦労なこったぜ。俺たちはこの吉原で、せいぜい女を抱いて、酒を呑んで、戯作に狂歌と洒落てやる。ざまァ見やがれ」

平角は言った。

いっぽう倉橋はニコニコと穏やかで肩に力が入らない。粋で格好のいい男だった。

「――わたしの仕えるお家はね、蔦重さん」

ある日、倉橋は言った。

「大名とはいっても僅《わず》か一万石。城も許されぬ貧乏大名です。あまりに貧乏なので年貢を上げようとしたら、百姓どもが一揆をおこして、にっちもさっちも行かなくなって年貢を下げた。意気地のないことです」

「へえ。お武家さんでも、そんなことがあるんですね」

「こんなダメ大名でも、武家の誇りは大したモンだ。神君以来の譜代の老人たちが、老木に巻き付く蔦のように絡まって身動きがとれない。貧乏で、もうとっくに駄目になっているお家なのに、昔のやり方にこだわって新しいことは何もしない。少しでも良かれと意見をすれば『外様の若造は何もわかってない』と嫌味を言われる。確かに私は他藩から来た養子だが、ここまでくればどうでもいいはず。時代は変わっているのに、自分が変わらないのだから、あとは根から腐って倒れるだけです」

意外であった。

宴席で仕事の話をするような男には思えなかったからだ。

「私はね、今のご老中、田沼意次様は大したもんだと思っています」

「評判は悪いですね。賄賂《わいろ》を取る守銭奴だというではありませんか」

「そうではありません。武士のこだわりを捨て、商人の仕組みをご政道に取り入れようとしたから、そう言われるのです。武家が今のままでは立ち行かないことは分かっているのだから、新しいことを試すのは当たり前だ。しかし古き者どもは、それが気に食わない。陰に隠れて、守銭奴だの、カネの亡者だのと愚にもつかぬ悪口を言う。ですが、わたしは田沼様が好きです。新しいことを次々と仕掛ける勇気が。わたしもかくありたい」

「それで、吉原で呑んでいるというわけですか」

重三郎が茶化すと、倉橋はさらりと流して粋に笑った――。

「いかにも。お歴々は、わたしがこうして吉原で楽しむことが気に食わない。それでもわたしがここから持ち帰る諸藩の風評や噂のたぐいは役に立つ。これがわたしなりのお家への奉公というわけで」

ああ、あの時、もっとまじめに話を聞くのだった。——重三郎は思った。

人気戯作者として、くだらない洒落本を次々繰り出す倉橋。武家にバカにされても、町人には大人気だった倉橋。その倉橋の心の奥底にあったのかもしれない虚しさや苦しみを、もっと聞いてあげればよかった。うまく行っていたときは気がまわらなかったのだ。

(倉橋さん——)

そんなことをつらつらと考えているうちに、重三郎は自分が、とんでもない思い違いをしていたような心持になった。

倉橋は、浮かれた大名の江戸留守居でもなく、吉原で遊ぶ通人《つうじん》でもなく、何か他の顔があったのだ。恩人の大事な何かを見落としていた。このままでは取り返しもつかないことになりそうな気がする。

桔梗屋の女房の手紙を読んだ時のあの横顔——。

(わからねえ——だが、綾乃ちゃんを、倉橋さんに会わせねば)

薄暗い書庫で、重三郎は思った。

◇

医局『天真楼』は、耕書堂の近く、日本橋浜町の一角にある五百坪はあろうかという屋敷であった。元は武家であったものか立派な長屋門があり、ぐるりと軒のついた壁に囲まれている。

蘭学を取り入れた江戸でも随一の医局であるため、往診に向かう医師を乗せるための駕籠《かご》が二丁、門前に控えている。その横に出された縁台のような長椅子に、診察を待つ人々が列を作っていた。

『天真楼』の主である杉田玄白《すぎたげんぱく》は、もう六十にもなろうかという老人だが、若いころに蘭学を学び、人間の腑分《ふわ》けをしたことがある人物だそうな。江戸じゅうの武家や金持ちに頼りにされているため、ほぼ往診で不在だが、数ある高弟が診療をしてくれる。大勢の人が出入りして、見るからに忙しそうだった。

重三郎は、医局に並ぶひとびとを横目に、内証《ないしょう》へ進んだ。

走り回る年増の女中らしき女を捕まえて名札を渡し、控え間で待つ。

半刻（一時間）も待っただろうか。

前掛けと襷掛けをしたままの十六、七の娘が目の前に現れた。

綾乃である。

美しい娘だった。聡明そうな広い額の下の目が黒々と大きく、鼻筋は通って口元が厳しく引き締まっている。

娘はいかにも忙しそうに、そしてつっけんどんに言った。

「困るのですけどね。あたし、吉原とは縁を切ったのですから――」

「おいらのことは覚えていないのかい？　桔梗屋の近所の店の甥っ子さ。ガキの時分に遊んでやったことがあったろう？」

「吉原のことは、全て忘れました。今では医局の助手です。吉原に縁があるなどとは知られたくありません。来ないでください」

綾乃はピシャリと言うと、さっと立ち上がった。

「ちょっと待ってくれ。あんたの母親、トメちゃんに頼まれたんだ。駿河小島藩の年寄役、倉橋寿平さんにあんたを会わせてほしいと」

「知りません」

綾乃は切れ長の目で、キッと重三郎をにらみつけ、行ってしまった。

後に残された重三郎は呆然とした。

取り付く島もないとはこのことである。

それと同時に、なんとなく悲しくなった。今は日本橋に住んでいるが、重三郎も元は吉原の男である。吉原を悪く言われるのは好きではない。

しばらく胸に手をあて、気持ちを落ち着かせたあと、やれやれと立ち上がろうとした。そのとき襖をあけて、白い頭巾を付けた医者らしき若者が、部屋に入ってきた。

「もし――綾乃殿の御親戚のかたでしょうか」

眉が太く、目元の涼やかな青年だった。

「いや。親でも親戚でもねえよ。同じ町内のお節介でな。綾乃ちゃんの母親に頼まれたモンだ」

重三郎は、吉原の名前を出さず言った。

「そうですか」

青年はがっかりしたように肩を落とした。

「なンか用かい？」

「いえ——わたくし、新出洪庵《にいでこうあん》と申しまして、当局の医師にございます——」

「ふうむ」

若者は何かを言いたげな様子だ。

重三郎は、突っ込んだ。

「——なンか聞きたいことがあるのかい」

「は」

若者は、その言葉にたじろいだようだったが、意を決したように言った。

「あなた様は、綾乃殿の過去をお知りで？」

「いや、さほどは知らねえよ。綾乃ちゃんの両親は知っているがな」

「それを、綾乃殿はわたくしに語ろうとしません。わたしは過去を捨てたのよ、と、そう言うばかりで」

その表情を見て、重三郎は鋭く聞いた。

「お兄さん、あんた、綾乃ちゃんのなんなんだい？」

「は——。恥ずかしながら将来を誓い合った仲でございます」

「えっ――」

「本人は嫌がりましたが、吉原のご両親には手紙を書かせていただきました。わたくしの実家は武家でありますゆえ、身分の差がございます。杉田玄白先生にお頼みして養女格をいただき、私の家に嫁いでいただくことにしました。そのことをお知らせさせていただいたのでございます。わたくしは何度も綾乃殿に、ご両親に挨拶に伺いたいと申し出たのでございますが、本人が過去とは縁を切った、汚れた世界の人々に会いたくない、の一点張りでございまして」

「汚れた世界――確かにな」

重三郎はほろ苦く言った。

いかに美しく着飾っても吉原遊郭は女郎街だ。貧しい女が売られてきて金持ち男の慰みものにされ、用済みになれば捨てられる。それで稼ぐ男どもの巨額の金と利権が渦巻いている。汚れているといえば汚れている。一言《いちごん》もない。

「しかし、わたくしにとっては惚れた女のご両親。これからは夫婦になって義理の両親となるわけでございます」

「本人が嫌がっているのであれば仕方がなかろう」

重三郎は慎重に言った。

この男がどれほど信頼できるものか。それに不用意なことを口走って、桔梗屋や綾乃の迷惑になってはいけない。

「綾乃殿は言うのです――あたしは、吉原で育ったが吉原の子ではない、本当は吉原で生まれた

わけではない」

それを聞いて、重三郎は、あっと思った。

さっき見た、綾乃の眼差し——桔梗屋の女房にも、旦那にも似ても似つかない。

どこかで見た。

その瞬間、頭の中で、火花が爆《は》ぜたような気がした。

(倉橋さん——)

あの怜悧《れいり》な目元は、世間の人気を一身に集めた粋人の中の粋人、恋川春町すなわち倉橋寿平のものではあるまいか。

(もしかして……綾乃ちゃんは倉橋さんの隠し子ではあるまいか？　天明の飢饉前、江戸の人気を集めた倉橋さんの周りには、名だたる美女が群がるように集まっていた。そのいずれかが子を産み、桔梗屋に預けたとすれば……)

すべての辻褄が合う。重三郎の胸は高鳴った。

「わたくしは、綾乃殿の過去など気にしない。来月、杉田先生にお許しをいただいて、四谷に自らの医局を開く予定です。綾乃殿には一緒に来ていただく。わたくしには彼女が必要です」

「助手として必要だってことかい？」

「いえ、そうではございません。惚れた女を娶《めと》るのに、そのような心持は失敬にございます。連れていく綾乃殿のすべてを背負いまする。ゆえに、過去のこだわりも知っておきたい。何を聞いても驚きませぬ」

一点の曇りもなく言う顔を見て、重三郎は、この青年に対する信頼感が心の奥底に湧いてくるのを感じた。長年商売で世間の裏も表も見てきた。ヒトを見る目には自信がある。

「おらぁ、日本橋通油町で書肆を営む、蔦重ってもんだ」

「えっ、あの有名な」

「知っているかい？」

「当たり前でございます」

「ありがてえ。だが、こいつ、どうやら根が深い――」

◇

洪庵と綾乃は、寛政元年文月《七》四日の吉日に医局内で簡単な杯事《さかずきごと》を行い、そのまま四谷の新居へ越すことになっているという。その場には、嫌がる綾乃を説得して吉原の両親も呼んでいると
いう話だった。

桔梗屋に行って確かめると、亭主は、

「ああ聞いているよ。仕方があるめえ。偉い先生が仲人するってじゃねえか。面倒だが行かにゃあなるめえな」

と、とても娘が嫁に行くとは思えない不機嫌そうな顔で言った。

「綾乃の奴は、なぜか昔からおいらにゃ懐かなかった。どうしてあんな根性の曲がった娘ができたもんだか。医家に片づくってえンなら、せいせいするってもんよ。多少は祝儀も出るって言う

しな」

本来は祝儀を出す立場であろうに、忘八《ぼうはち》の地が出たような物言いをする。

亭主と話す重三郎に、桔梗屋の女房は無愛想に茶を出しながら、もの言いたげな視線を送った。だが、珍しく客もあり、その対応に追われて二人きりになれない。重三郎も忙しい。時間は迫ってくる。二人きりで話したいがしかたがない。

このとき重三郎は、改めて桔梗屋の亭主と女房の顔を見て、

（あの思い付き。どうやら本当じゃァあるまいか）

と思った。

綾乃の、顎が細く目元のさわやかな顔つきは、蟹のような桔梗屋の亭主とも、つぶれた饅頭のような女房とも似ていない。

明らかに倉橋の面差しに似ている。

誰も本当のことは言わないが、吉原は昔からそういう場所だ。

重三郎は、日本橋の本店に戻って、小僧どもに仕事の指示をしながら、頭の片隅で考え続ける。

（そうだとすれば、トメちゃんが、ひとめ綾乃ちゃんを倉橋さんに会わせてやってほしいという気持ちはわかる。あの手紙を読んだ時の倉橋さんの顔——ただごとじゃなかった）

なんとなく、胸騒ぎがする。

あっという間に、文月の四日がやってきた。

丁稚《でっち》を朝一番に吉原へ走らせて様子を見させたところ、朝から桔梗屋は木戸を閉めて休んでい

るという。ふたりで綾乃の祝言《しゅうげん》に行ったに違いない。

仕事をしていた重三郎だが、だんだんと、こうしてはいられないといった気持ちになってきた。店を手代に任せ、春日町へ走ることにする。

日本橋でも通油町は神田川に近い。

神保町を抜けて、川を渡って春日町へ。

ここまで来ると江戸も外れの閑静な屋敷街である。遠くから倉橋の屋敷を見ると、相変わらず門前には六角棒を持ったサムライが二人立っていた。厄介である。

重三郎はぐるっと屋敷を裏に回って、搦手《からめて》にある小さな木戸へにじり寄り、腰を沈めてコンコンと叩いた。返事がない。また静かにトントンと叩く。じっと待つ。なお返事がない――。

ダメかと諦めかけたとき、覗窓《のぞきまど》がカラリと開いて、意地悪そうな目がふたつ、ぎろりとこちらを睨んだ。

重三郎は必死で言った。

「奥様にお繋ぎくだされ。耕書堂が参りましたと。なにとぞ、なにとぞ」

目はそれを聞き、ぴしゃりと覗窓を閉めた。

下を向いて、じっと待つ。木戸の向こうを歩く気配がする。

しばらくして、戸が開けられ、

「急いで――」

と引き入れられた。倉橋の妻であった。

離れでは、倉橋が待っていた。

あの時よりさらにやせ細り、顔色が鉛色に見えた。しかし粋人の意地であるのか、さっぱりと月代《さかやき》と髭《ひげ》を剃り、きちっと髷《まげ》を結って髪に油を塗っている。

一層老けたように見えたが、その分清らかな凄みを感じる容貌だった。

さすがは世に響いた洒落者、恋川春町である。

「倉橋さん――」

倉橋の妻の目の前で、重三郎は頭を下げた。

「何も言わないで、わたしと一緒に屋敷を抜け出していただけませんでしょうか。どうしても、お目にかけたいものがあります」

その姿を見て、倉橋は驚き、妻と顔を見合わせている。

「奥様にも、どうか黙って見逃がしてもらいてえ。とんでもねえお願いをしていることは承知だ。武家が上意に逆らって禁を破ればどのようなことになるか。だが、今日しかねえんで――」

倉橋はしばらく考えていたが、

「耕書堂さん。わたしはもう、サムライとしては死んだ存在です。いまさら殿が怒ろうと、世間様になじられようと、関係ありませんよ」

と穏やかに言った。

すると、倉橋の妻は立ち上がり、どこかへ消える。戻ってきたときには下男の麻の粗服と百姓のような破れ笠を持っていた。

「あなた――。こちらにお着替えになって」

ふたりは空の畚《もっこ》を担ぎ、小石川の田園あたりに多くいる百姓のような装束になって、屋敷の裏から密かに抜け出した。

坂下を水戸殿の奥に回って飯田橋へ出る。

江戸川を渡ってしばらく行くと神楽坂《かぐらざか》である。

重三郎は息を切らせて丘を登り、空き地の草の上に座った。

「ああ――」

丘は、南に向いている。

陽光あふれる緑の風を吸って、倉橋は声をあげた。

「何日ぶりだろう。狭い屋敷を出て、このように明るい風の匂いを嗅ぐのは」

眼下に、満々と水を湛《たた》えた外堀がひろがっている。

その向こうに麴町《こうじまち》が緑の丘のように盛り上がって見え、その先は江戸の御城だった。

空は青々とし、外堀の土手に白い花が咲いている。白萩である。

それを見下ろしながら、重三郎は、待った。

倉橋は、重三郎を信頼してなにも言わず、ただ黙っている。

一刻（二時間）も経って、遠くから八つ（午後二時）の鐘が聞こえた。

汗ばむほどの昼下がりである。

「あっ」

重三郎は不意に叫び、立ち上がった。

「倉橋さん、見てください」

見ると、飯田橋から市谷へ続くお堀端をゆく、花嫁行列があった。人数も荷駄も少ないが、白無垢の娘が馬に乗り、その前を、紋服を着た背の高い青年が堂々と歩いている。

遠目にも美しい娘は、お堀の水に反射する光に目を細めるように手をかざしていた。

「あれは――?」

「綾乃さんです。桔梗屋の娘の、綾乃さんです」

「ええっ!」

倉橋は立ち上がり、叫んだ。

遠く丘の上にあって、こちらの姿は見えまいが、倉橋は明らかに動揺し、一心不乱に花嫁行列を見つめた。

「な、なんと」

目を見開き、口を半分あけて。

重三郎は、その横顔を見て、内心ほっとした。

もしこれが意味のないことなら自分は自責の念に襲われたことだろう。だがその表情は、これが確かに意味のあることなのだということを示していた。

花嫁行列はゆっくりと堀端を市谷に向けて進んでいく。若い二人には輝かしい明日が待ってい

る。そのことを確信させる素晴らしい光景だった。

いっぽう、ふたりの男は、遠く丘の上から、ぼうぜんとその行列を見送っている。

やがて、行列が四谷の谷に吸い込まれるように消えていくと、倉橋は放心したように、草の上に座り込んでしまった。

「倉橋さん——」

重三郎は聞いた。

「綾乃さんは、あなたの子なのですか？」

それを聞いた倉橋は、ずっと黙っていたが、やがて、消え入るような声で言った。

「はい——。そうです」

目には涙が浮かんでいる。

「二十年前、わたしは江戸留守居になったばかりの、何も知らない若造でありました。江戸の留守居は金を扱いますので万事うるさ型には眉を顰《ひそ》められる存在だ。肩身が狭く、少しでも早く手柄を挙げねばならないと気持ちばかりが焦っていた」

「はい」

「大藩の留守居や幕府の重役は、絵や句などを習って仲間を増やし、吉原で遊興して親睦を深める。そうしてさまざまな裏の話やお役目を融通しあうもの。そういった知識はありましたが、なにぶん不器用な若造でありましたので、仲間内でどう振るまえばいいのかわからなかった。いたずらに絵や句の腕は上がったが、肝心の仲間が増えない。私は悩んでいた。そのわたしの慰み

が、桔梗屋のトメ殿であったのです」

「えっ」

重三郎は驚きの声をあげた。

「もしかして――」

唾を呑んで言う。

「綾乃ちゃんの母親は、トメちゃん？」

「当たり前でしょう――なぜですか？」

「わたしはてっきり、あなたが、どこぞの美妓《びじん》に生ませた御子かと。まさか母親がトメちゃんとは？」

重三郎は、桔梗屋の女房の饅頭を押しつぶしたような顔を思い出した。

いっぽう倉橋は江戸じゅうの町娘を熱狂させた男ぶりである。

どう見ても似合わない。

「あの頃のわたしは、遊び方も知らず、女の扱いも知らず、ただ手柄を挙げたいために吉原の引手茶屋に上がっては、どうしていいのか戸惑っていた。そんなわたしに、親分肌の平角さんを紹介してくれたのは桔梗屋さんです」

倉橋は言った。

「そして、女のなんたるかもわからぬわたしに、女の仕組みというものを教えてくださったのは、桔梗屋のおかみさんです」

重三郎はその横顔をじっと見た。

吉原という町には日本じゅうから美人が送られてくる。手を伸ばせば掃いて捨てるほど美しい女がいる。そしてその美人たちは、カネを積めば幾らでも体を許してくれる。初めてだと言えば、手取り足取り教えようという女もいくらでもあろう。小藩とはいえ、江戸留守居の懐《ふところ》がそこまで貧しいわけはない。なぜ倉橋は、あのような、間違っても美しいとは言えぬ女を選んだのだろうか。

「人に知られてはならぬ恋でありました。トメさんは人妻であり、また茶屋のおかみでもある。わたしたちはひとに隠れて、薄暗い控えの小部屋で逢引《あいびき》を重ねました。わたしは若く、書物や藩校で学んだ理屈で頭を一杯にした、頭でっかちの世間知らずでありました。初めて知る女の体に夢中になり、そして世界は書物の中の理屈だけで出来ているわけではないということを学んだのでございます。わたしはトメさんのおかげで世間というものを知りました。そして自分を知り、生きる意味を教えてもらった。――男にしてもらったのでございます」

重三郎は、その言葉を、ただ噛みしめるように聞いた。

男であればそういうこともあろう。

しかし、どうしても倉橋と、あの女房との睦《むつみ》ごとが想像できない。

「やがて仲間もでき、美妓衆を侍《はべ》らせる作法も覚えて出世の階段を上るようになった。しかし、そうなってからもトメさんとの時間を持つようにしておりました。そしてある日、トメさんから、懐妊のことを聞かされたのでございます」

「――」

「若かったわたしはその子を屋敷へ引き取る旨を申し出ました。するとトメさんはそれを叱った。これから出世しようという身分のかたが何をおっしゃるのですかと。世間は、秀才が書面を扱うようにはできていない。青臭い義理に走って、人生を失うようなことは、ゆめゆめなさいますな、と」

「さもありましょう」

「トメさんは言いました。この子は、わたしが亭主の子として育てます。男であればよし。だが女であったときには、陰で支えてほしいと。トメさんも、わたしも、自分の娘が体を売って生きるのを良しとはしなかった。誤解なきようにしてほしいが、わたしの妻は元遊女です。遊女に何か含みがあるわけではない。だが自分の娘には、吉原以外の世界も見てほしかった。自らの一度しかない人生を、生まれた場所や、出自にとらわれて、重い鎖を引きずるようなものにはして欲しくなかった。だから、わたしは、娘が十二になったとき、娘を杉田玄白先生のもとに奉公にあげるように密かに手配した」

「そうで、ございましたか」

「綾乃はわたしが父であることは知りませぬ。知らせるつもりもない。ただ、幸せになってくれればいい。あたりまえのように、自分の人生は、自分だけの力で切り開いたのだと思い込んで、苦界《くがい》など知らず、誇り高く生きてくれればいい」

倉橋の言葉は、疲れてしゃがれていたが、しっかりしていた。

言わんとしていることは明晰《めいせき》で、その精神《こころ》が確かであることがわかった。

重三郎はその横顔を見た。

すると倉橋は重三郎をふりかえって手を握り、言った。

「耕書堂さん、ありがとう。綾乃はわたしが生きた証だ。吉原で遊び、黄表紙で江戸を笑い飛ばし、大金を稼いで人気者になったわたしは偽物に過ぎぬ。本当のわたしは、明日のある娘の幸せを祈る、平凡な男であったのだ」

「倉橋さん」

「桔梗屋のトメ殿に伝えてほしい。ありがとう、と」

倉橋は重三郎に噛みしめるように言った。

この倉橋寿平が、江戸小石川春日町の屋敷内において切腹し、自ら命を絶ったのは、この三日後、寛政元年文月《七》七日のことだった。

江戸の町では、人気戯作者の恋川春町は、筆禍によって幕府と主家から圧迫を受け、抗議のために自殺したのだと噂された。

そうかもしれない。

しかし七夕《たなばた》は、倉橋とトメが、年に一度、忍び会っていた日でもあったのだ。

◇

「ウソですよ――そんなご立派な話じゃァ、ございません」

桔梗屋の女房は言った。

相変わらずむっつりとした表情である。

倉橋が自ら命を絶った二ヵ月後、世間の騒ぎも醒めた頃になってやっと重三郎は桔梗屋の女房と話す時間を持つことができた。場所は桔梗屋の空き座敷だ。

「倉橋様は特別なおかたです。貧乏な武家に生まれて、自らの才覚で駿河小島藩士に養子にとられた。駿河小島は貧しくて古い譜代でございますが、ひとを見る目はあったのでございましょう。すぐに江戸留守居に指名され、若いうちから重要なお役目を任された。全ては、倉橋様おひとりのお力でございます」

「しかし」

「いえ、そうなんでございます。吉原で粋に遊んでその名をあげて、戯作や絵をお書きになって、江戸じゅうの人気者になった。おかげで桔梗屋はずいぶんと儲けさせていただきましたよ」

「わたしは、知っているのだよ」

重三郎は言った。

「倉橋さんはね、あんたに心から感謝していた。生きる意味をもらった、本当の自分を教えてもらったと。その言葉、素直に受け取ったらどうかね?」

すると、女房は、じっと黙り込んだ。

元が無愛想な女である。黙っていると、怒っているように見える。

長い沈黙があった——。

重三郎がおもむろに煙管《キセル》を取り出し、莨《たばこ》を詰めようとしたそのとき、やっと女房は口を開いた。

「違います」

「ん？」

「ウソでございます。綾乃は、倉橋さんの御子じゃァ、ございません」

女房は顔をあげて、じっと重三郎のことを見た。

「若いころのあたしは、とんだ浮惚者《うわぼれもの》でございましてね。吉原に来たはいいが美妓《をんな》を買う度胸がなくて、おろおろしている若い男を見つけては、ちょっかいを出して慰みものにするのが好きでございました。こんなぶすが、とお思いでしょうが、残念ながらこの世で美しいだの醜《みにく》いだのというのは表向きのことでございます。男は気取った美人よりも、気安いあたしが好きでございましょう。このぶすの体が好きな男もいるのでございますよ」

女房は目を離さない。

「あたしンところの亭主はロクデナシでございます。女といえば売り払って稼ぐことしか考えていない。客といえば、いかにカネを吐き出させるかしか考えていない。カネ、カネ、カネ——夢も希望もない。一緒に暮らすにゃァ、つまらねえ男でございますよ。最初からうんざりしていたわたしは、いつしか、若くてうぶな男を食うのが愉《たの》しみになっていたのでございます。ああ、恥ずかしい。ろくでもねえ話でございますよ」

女房の三白眼に睨まれて、重三郎は動けない。

「中でも倉橋さんは、若くて、世間知らずで、かわいかった。のちに江戸じゅうの町娘の人気を集める男です。器量だって十人並みではございません。たっぷりと、もてあそばせていただきま

したよ。うふふふふ」

重三郎は煙管と莨を持ったまま、唖然とした。

「あのひとはかわいいひとだから、あたしがさんざん他にも若い男を食い散らかしているなんて、夢にも思わなかったのでございましょう。だから、あたしは目をつけたんです。父親がわからない子を身ごもったとわかったとき、倉橋さんを父親にしてやろうと。倉橋さんなら簡単に騙されてカネを出すでしょう。そして呼び出して言ったのです、あなたの子供ができた、と」

「トメちゃん」

「さぶちゃん、あたしはね、自分の子供には、あたしのような人生を送らせたくなかった。こんな、女が体を売るしかない町の片隅で、欲ばかりで夢がない男に嫁いで、いやらしい欲望で頭を一杯にした客どもを相手にして、ひとに言えない慰みに身をやつして生きるような女には、したくなかった。あたしは、あたしが嫌いです。でも、娘には、自分が嫌いなまま生きて欲しくなかった。だから子供のころから吉原を捨てるように言って聞かせた。あなたはホントは、吉原にいるべき娘ではないんだよと言い続けて育てた。あらゆる稽古事に通わせて、カネに困ると、密かに倉橋さんに相談して工面しましたよ。倉橋さんは、綾乃が自分の娘だと思い込んでいる。どんなことでもしてくれました」

いつしか、女房の目には涙が浮かんでいた。

「楽しかった――。あたしはずっとウソをついていたけど、倉橋さんと秘密を分け合っているのが楽しかった。倉橋さんはそのあと、どんどん出世して行って、人気者になっていった。それも

嬉しかった。自分の男が出世していくのって、楽しいじゃないですか。砂を噛むような味気ない毎日に、それぐらいの楽しみがあってもいいでしょう？　あたしは倉橋さんを騙して金をひっぱり、密かに彼の出世を楽しんでいました。だから、だから――」

と、涙をぬぐい、

「ありがとうなんて言われる筋合いはないンだ」

と奥歯を噛みしめた。

「でもね」

桔梗屋の女房は言った。

「きっと、倉橋さんは幸せだった。あたしのことを母のように思っていたし、娘にも汚れがない明日があると信じていた。信じられるものがあって、自分だけの矜持があって、死んでいった。幸せなひとだよ」

「トメちゃん」

「あたしはダメだァ。ずっと、誰かを騙していた。自信なんかかけらもない。今でも自分のことを、くそみたいなぶすだと思っている。きっと、これからもダメな自分を責めながら生きて行くんだ」

「――」

「ねえ、さぶちゃん。騙す側と騙される側と、どっちが幸せなんだろうね。騙すほうより騙されるほうのが、ずっと幸せじゃァないのかね。倉橋さんはしあわせな人だった。だから大勢の人が

倉橋さんの書いた本を好きになった。あたしみたいなぶすに騙される、心のきれいな人だったからだよ」

　ぼたぼたと女房の頬を流れる涙は、確かに醜かった。

「娘には、こんなあたしも、吉原も、一切捨てて生きていってほしい。この家なんか忘れて、素晴らしい男と、素晴らしい仕事をして、この世は美しいところだと信じて生きて行ってほしい。倉橋さんがそうであったように」

◇

　桔梗屋を出て、日本橋までの帰路を歩きながら、重三郎は思った。

（ウソをつくなよ、トメちゃん）

　あのとき、あんたはおいらに、手紙を託したじゃないか。

　あの手紙には、綾乃ちゃんとあの医者の祝言のことが書いてあったのだろう？

（——きっと、あんたの、思い通りになるだろうよ）

　綾乃は吉原のことなど忘れ、倉橋さんのことも知らぬまま、すべては自分の努力が人生を切り開いたのだと信じて生きて行く。

　そしてきっと、幸せになるだろう。

　そのとき重三郎は、いつか、倉橋が遺《のこ》したあの『戯れ絵』を必ず出版してやろうと思った。

　あの絵に倉橋の全てが含まれている。

世間なんざ、ウソとホントの裏表。せいぜい笑って生きてやる――。倉橋が死ぬまで執着したのは、綾乃のことと、戯れ絵だったのだ。

そして、それが実現したのは、ずっと後のこと。

寛政元年、売れっ子だった平角と倉橋を失い打撃をうけた重三郎は、その後、狩野派の町絵師である喜多川歌麿《きたがわうたまる》に描かせた美人画が売れて復活を遂げる。

寛政五年に松平定信が失脚すると、翌年には無名の新人、東洲斎写楽《とうしゅうさいしゃらく》の役者絵を成功させ、東都随一の書肆としての名を不動のものとした。

その間も重三郎は、倉橋の戯れ絵のことを忘れることはなかった。

十年後の寛政十年――、前年に亡くなった重三郎の遺言により、その本は耕書堂からようやく開板された。

『故人　恋川春町　遺稿』と堂々と記載されたその黄表紙には、版元名に『蔦屋重三郎』とあり、山東京伝らしき人物が匿名で序文を寄せている。

そしてそこには、こんなものが描かれている。

煙の上に乗る仙術（手品）を披露しようと、煙の中に隠した梯子で必死に体を支えている男。口にヤカンを咥えて水を呑みながら、小便を滝のように出している男。駒から瓢箪を出そうとして、馬の尻の穴を覗いている男――。

木挽町の絵師

自分をダメな男だ、と文洲《ぶんしゅう》は思う。

もう十何年も奥絵師として、江戸城中奥の御用部屋に通っている。

しかし、たいした手柄をあげることもなく四十歳を超えてしまった。

奥絵師は将軍に目通りが許される名誉の職だが、実際のところ立場は弱い。

登城すると、すぐに小納戸《こなんど》役に呼び出され、城じゅうの襖《ふすま》や屏風《びょうぶ》の描き換え、大奥の女衆の扇《おうぎ》や玩具《がんぐ》の絵付け、老中の出張や外出の届出書の図版まで、絵にまつわるあらゆる仕事をこなす。

我ながら実直にやっているとは思うが、失敗も多い。

生来の不器用なのだ。

若い絵師が来れば、絵柄の古さを嗤《わら》われ、出世した仲間たちからは、まだそんな仕事をしているのかと嗤われる。

ならばいっそ馘《くび》にでもすればいいではないかと思うが、そうともならぬ。

奥絵師の人員は、奥絵師四家と言われる格式の家から、それぞれの枠が決まっている。

文洲が所属する木挽町狩野家《こびきちょうかのう》からは、筆頭絵師にして法印の位を持つ栄川《えいせん》と、その息子で法眼（次期法印）の養川《ようせん》がいた。

彼らは全国に散らばる狩野派全体の元締であり、将軍から直に命じられる大仕事をやるべき人材だ。小納戸役が持ち込む雑務などをやらせるわけにはいかない。木挽町家に落とされる「その他の仕事」を、すべて引き受けるのが文洲の役割であった。

ちなみに今日の仕事は、大奥で将軍の妾腹の末の姫の白扇《はくせん》に、慰みの絵を描いてほしいというものだった。

文洲はさっそく、中奥から大奥に赴き、平身低頭して注文を聞き、必死で『伊勢物語』に出てくる姫君を描いた。

が、十四歳の姫が気に入る絵を描くことができず、

「わらわは、じじむさい絵は嫌いじゃ」

の一言で役目を外されてしまった。

しょんぼりと中奥に戻ってきて、御用部屋の自席に座ると、本当に、自分がイヤになった。

（わたしは一体、何をやっておるのか）

頑張って勤《つと》めに励んでいるが、なにもかもがうまく行かない。

思えば若い頃はこうではなかった。いつのまにか気力が衰えたのだ。

このままでは木挽町狩野家の評判を落とすばかりだ。

もう消えてしまいたい。

だが、消えてしまうにしても、なにをすればいいのか。下っ端絵師として、毎日城に出勤する以外の生き方がわからないのだ。

今日はもう何をする気にもなれず、文机の前に座って時間をつぶし、下城の太鼓が鳴ると同時に御用部屋を出た。

下男のひとりも連れず、風呂敷を持って桔梗《ききょう》門から丸の内の屋敷の間を抜け、鍛冶橋《かじばし》門から外堀を渡る。

堀の外は、日本橋――活気あふれる町人の町だ。

夕方でもあり、商人は店を閉めるために走り回っており、立ち並ぶ飯屋や居酒屋には、灯がともり始めていた。

鏡のような外堀の水に、町の灯りが揺れている。

（このまま帰りたくないな――）

鍛冶橋から木挽町の、そう遠くない道を、文洲はゆっくりと歩きはじめた。

ふと見ると、京橋の角に小さな居酒屋がある。

職人や日雇いのような庶民が日々の疲れをいやす、安っぽい店だ。

店先には『弁慶』と呼ばれる、居酒屋であることを示す藁細工がさがっており、行灯《あんどん》には〈肴屋《さかなや》〉という文字が見える。それが店の名であるようだった。

文洲はふらりと、弁慶の下をくぐった。

燗酒と、魚を焼くにおいが、わっと押し寄せてくる。

狭い店の奥が座敷になっていて、町人どもは思い思いに座って、それぞれの会話を楽しんでいた。

文洲は忙しそうな女将《おかみ》に声をかけ、豆腐と酒を頼んでおいて小上りに座り、ふう、と大きなため息をついた。

すぐに十七、八の娘が酒を運んでくる。

そして、ちょっと躓《つまず》いて、酒をこぼした。

酒が少し、文洲の膝にもかかったようだ。

「ああっ、ごめんなさい！」

少女は慌てて手ぬぐいを取り出して、謝った。

「何をやってやがるンだ、ウスノロめ！」

奥から、大将らしき男の叱る声が聞こえた。

「まったく、ダメな子だねッ。もう少し器量がよければ別の売り物になったものを！」

女将が嫌味を言う。

「いいのだ、いいのだ。女将も、そんな言い方をするものじゃないよ」

文洲は、懐紙を取り出して酒がかかった裾を拭きながら、

「どうということはない」

とつぶやいた。

そして改めて少女の顔を見あげて、あっ、と思った。

その面差しが、昼間に自分を罷免した大奥の姫君に、少し似ていた。

美女ではないが、目がくりくりと大きく、愛嬌ある口元が人好きのする雰囲気の娘である。

少女は、心から申し訳なさそうに、

「本当にすみません」

と言った。

文洲は、

「なんの、なんの。こんな過ちは誰でもするわい」

と笑って盆を受け取った。

少女は、はにかむような表情を浮かべ、ぺこりと頭をさげると、仕事に戻る。

文洲はひとり盆を抱え、ゆっくりと燗酒を舐めはじめた。

そして、見るともなしに、少女を眺めた。

少女は、不機嫌な夫婦の叱言《こごと》を上手にいなしながら、きびきびと働いていた。

働き者の若者の姿を見るのは気分がいいものだ。

客たちも少女をかわいがっているようで、軽口を叩いたり、からかったりしている。そのたびに少女は江戸娘らしい気の利いた言葉で言い返していた。

主人夫婦が思うよりもずっと、少女目当ての客は多いとみた。

特に年若な職人たちは、明らかに少女を目で追っている。

どうやら少女は、町のぱっとしない若者たちのお姫様であるようだ。

（おやおや、城の外にもお姫様がいたようだな――）

酒を口に運びながら、思った。

同じような顔つきをした少女が、あの城の奥で、何不自由のない暮らしをしている。

こちらの少女は、この場末の居酒屋で汗みずくで働いている。

奥に座って一歩も動かない大奥の姫と比べて、こちらの姫のなんと生き生きとしていることか。その姿を見ているうちに、文洲はなんだか、張り詰めたものがほっと緩むような心持ちがした。

（この店に寄ってよかった）

燗酒をツイーッと呑むと、腹の中が温かくなって、どこか優しい気持ちが戻ってくる。

ふと思い立って、手元の風呂敷の結び目をとく。

中には、大奥の姫様のために書いた、平安時代の貴婦人の絵があった。

（そうだ――）

「ちょいと――」

文洲は、少女に声をかける。

「これ、つまらぬものなのだがな。もしよかったら、貰《もら》ってはくれまいか」

少女は驚いたように扇子《せんす》を開き、喜びの声を上げた。

「ええっ！　ほんとうですか？」

店の若者たちが、こちらを向く。

「凄い！　これ、なんの絵なのですか？」

「これは伊勢物語に出てくる『斎宮の姫』でな――あ、いや、そんなことはどうでもいいんだ。どうだい、貰ってくれるかい？」

「そんな、嬉しい――」

少女は頬を赤らめて、扇子を抱くようにした。

「本当なら、こころづけでも渡すべきなのだろうが、まあ、それよりも、な。お前さんの顔を見ていたら、どうしてもこれをあげたくなった」

すると、若者たちがからかうような声をかけた。

「おうおう、ジジイ。下心があってのことじゃねえだろうなァ」

「おりんちゃんは売りモンの女じゃねえぞ。唾をつけやがったら、承知しねえ」

「そうだ、そうだ。京橋小町はみんなのモンだぜ」

そんな軽口が嬉しい。

文洲は笑って若者たちに言った。

「残念ながら、このショボくれたオヤジにそんな元気はないよ。ただ、この子に貰って欲しいだけだ。この絵はわたしが描いたんだ」

「ええッ？　あんたが描いたって？」

「そいつァ、凄いなあ！」

みんな、扇子の絵を見て、歓声をあげる。

「こんなにうまい絵は、簡単にゃ見つからないぜ！」

そんな声を聴きながら、文洲は気分良く立ち上がり、

「ありがとう」

そう呟いて銭を置くと、京橋の通りへ出た。

空には星が瞬《またた》いている。

文洲は木挽町までの道を、ゆっくりと歩いて帰った。

◇

数日後の京橋。

いつものように下城の道をゆく文洲に声をかけたものがいた。

「もし――」

あの〈肴屋〉の娘であった。

「おや。おりんちゃんと言ったかな。京橋小町だ」

「やだ。そんな」

おりんは、そう言って顔を赤らめた。

「この前は、あの絵の扇子を、ありがとうございました」

「なんのなんの。あの扇子はもう要らないものでな。家に帰ったら竈《かまど》にくべてしまおうと思っていたのだ。お嬢さんが貰ってくれて嬉しいよ」

「はい――嬉しいです。ねえ、おじさま。三日後の夕方にお店においでになれませんか？」

「ん？　どうしたのだ」

「あの扇子を見たお客様が、どうしてもおじさまにお会いしたいと――」

おりんはそう言った。

このような誘いなど無視してもよかった。

だが、妙に気になった。おりんの人柄もあろうが、なにか悪い気はしない。

「ふうむ――わかった。他ならぬあんたの頼みだ。伺うよ」

文洲はほほえみを浮かべてそう答えると、今とりかかっている図版の仕事を、明日中に終えてしまおうと思った。


三日後、文洲が店に入ると、すぐに二階の座敷に通された。

階下は相変わらず、町人どもで混み合っている。

暗い階段を昇った先にある、こぢんまりとした座敷に、細身の縞の着物をこぎれいに着こなした、いかにも江戸っ子という感じの町人がひとり、酒を呑みながら待っていた。

目が大きく、分厚い唇の口が大きくていつも笑っているような人好きのしそうな男である。

文洲の姿をみると、座布団から降りて上座を勧め、丁重に挨拶した。

「――お呼び立てして申し訳もございません。手前、日本橋通油町《とおりあぶらちょう》で『耕書堂《こうしょどう》』という地本《ぢほん》屋《や》を営む重三郎《じゅうざぶろう》と申します」

地本屋、というのは地元で消費される戯《ざ》れ本などを出版する業者で、大名や学者の御用を承って論語や藩史などの出版を承る書肆《しょし》からは、一段下におかれる本屋である。地本屋が出す本は、学究の書斎や僧房の書庫に納められることはなく、茶屋の待合や湯屋の二階で、暇つぶし目的で読み捨てられる。文字通り、二束三文で売られて、すぐにナカミは忘れ去られる日銭仕事であった。

文洲は身構え、

「徳川家御抱え奥絵師、狩野文洲にございます」

と言った。

それを聞いた重三郎は、

「えっ」

と固まり、ぽかん、と口を開けた。

「な、なんと！　奥絵師様でございますか。これは大変失礼いたしました」

「どういうことで？」

「申し訳ございません」

重三郎は汗をかきかき、説明する。

「わたくし若輩ながら、地本屋として店を構え、戯作、絵本、美人画、役者絵、相撲絵などを開《かい》板《はん》して商売をさせていただいております。——ご存じかと思いますが、昨今の人気は、美人画なら鳥居清長《とりいきよなが》先生、役者絵であれば勝川春章《かつかわしゅんしょう》先生であります。その玉稿をいただければ大いに儲

けられますが、先生方は売れっ子で、すでに他の書肆の仕事で埋まっており、なかなか順番は回って来ません。新しい絵師はいないものかと頭を悩ませている具合でございまして――。そんな折、この店で壁に飾られた見事な姫君の扇絵を見ました。おりんに聞いたところ、どこぞの旦那風のおじさまが立ち寄って贈られたとのこと。これだ、と……。いや、面目次第もございません。まさかこのような町人相手の居酒屋に、奥絵師様がいらっしゃるとは思いもよらず、どこかに絵の達者な隠居でもいたものかと思いまして――」

「ほう」

文洲は驚きをもってその話を聞いた。

重三郎は「ご存じかとは思いますが」と言ったが、文洲は市井の版画絵師のことなど知らない。鳥居清長、勝川春章という名前は初めて聞いた。

町人の間で流通する絵は『版画』であり、文洲が知る『絵画』ではない。文洲ら狩野派の絵師が肉筆で描いた『絵画』は高値でやりとりされるが、『版画』はせいぜい三十文、四十文という、夜泣きそばに毛が生えたような金額でやり取りされ、用が済めば焼き芋の包み紙に使われる類《たぐい》のものである。

そもそも文洲は、版画などという世界にも絵師が存在する、ということを知らなかった。版画は工芸品であり、絵師の名前で取引されるものではあるまい――それが文洲の常識である。

「なるほど。わたしがもし、どこぞの隠居であれば、絵を描かせて儲けようともくろまれた、ということですな」

文洲は、笑って言った。

「面目ございません」

重三郎は恐縮しきりである。

文洲は興味がわいて、聞いた。

「いやいや――。しかし、その、鳥居清長というものは、どのような絵を描くのかのう？」

「美人画でございます。すらりと背の高く、顔の小さな花魁《おいらん》を描かれます。ちょうど先生があの扇に描かれた姫君のような感じですな。いやあれは、素晴らしい絵でございました。高貴で常ならぬ雰囲気の姫君。あの錦絵が開板されれば、町娘たちが競って買いましょう」

「あれは、伊勢物語の『斎宮の姫』でしてな――まあ、それはいい。そんなものなのかのう？まったくわからぬ。あれは、御城でおかみに命じられて描いたのだが、気に入られずに、捨てられたものでしてな」

文洲は自嘲気味に言った。

すると重三郎は、大げさに驚いた声をだす。

「なんと、もったいない！」

「なんの、なんの。わたしのようなものは、御城に詰める奥絵師三十六名の中でも末席も末席。狩野家筆頭の木挽町家でも、ほんの端切《はしき》れよ。あの絵は、城内でおかみに、つまらぬ絵じゃ、いらぬわ、と突き戻されたものでな――お恥ずかしい」

それを聞いた重三郎は、むっと頬を膨らます。

この男、表情がくるくるとよく変わる。感情の豊かな面白い男であるようだった。いかにも町人らしい。御城の中にはいない型である。

「なにをおっしゃいます。あの絵は、すばらしい出来でございましたぞ。手前の目利きでは、日本橋の書肆で高値で取引されてしかるべきもの。到底そのようなダメな絵とは思えませぬ」

「いや、そうなのだ。――がっかりさせて申し訳ない」

「がっかりなどいたしませぬ。僭越で申し訳ございませんが、むしろ、なにやら腹が立ってきてございます。あたら魅力的な絵をいらぬとは。そのおかみとは何者でございますか」

まさか、大奥に住まわれる将軍の姫君だとも言えず、文洲はただ苦笑した。

「……わたしは、傍流なのだよ。狩野家でも名門の木挽町家に生まれたが、当主の末弟の脇腹でな――。すみっこもすみっこ。やっと長屋においてもらって、なんとかお情けで食わせてもらっているようなものなのだ」

「関係ありません。絵は、絵でございます」

「え?」

「絵に御血筋など、どうでもようございます。絵の世界は絵がすべて。描けるか描けないか、それだけであるべきです」

「なんと」

目の前の町人のモノの言い方に、新鮮な驚きを感じた。

文洲が属する奥絵師の世界では、血筋こそがものをいう。主筋であれば跡を継ぎ、傍流であれ

ばその下につくか、地方に回って野《や》に下る。そういうものなのだ。

重三郎は続けた。

「いいですか、江戸で一番人気の鳥居先生は商家の息子です。勝川先生は医家の出身。わたしが期待を寄せて飼っている勇助という若造は川越の百姓で、北尾政演先生は深川の質屋の息子ですよ。絵は、描いた絵がすべて。そういうものかと存じます」

「これは驚いた。それが町人の世界の流儀というものか」

「僭越に申し訳ありません」

「いやいや、いいのだ。だが驚いた。描いた絵がすべてか。そのようなこと、考えたこともなかったな。わたしは絵師の家に生まれ、奥絵師になることも、主筋の絵師の配下に入ることも、子供の頃から決まっていた。三つの年から絵筆を持たされ、五つの年から粉本《ふんぽん》修業を始めた――」

粉本、というのは狩野派で二百年以上引き継がれてきた『お手本』のことである。

徳川秀忠公のお抱え絵師であった狩野探幽《たんゆう》以来、狩野家の歴代当主が少しずつ手を入れて成立した秘伝の教本。狩野派の絵師はみな、この粉本を子供の頃から徹底的に模写する。十年も経つと、どの子もみな同じ絵を描けるようになる。こうして日本画の伝統を、狩野十五家全体で守っているのだ。

「初めて襖を任されたのは十六。奥絵師に推挙されたのは十八。それから盆暮れ以外は登城し、絵師としての責任《せめ》を負ってきた。好きも嫌いもない。命じられたものを描く。それ以外は知らない」

それを聞いて、重三郎は驚いたような顔をした。

「先生は、それで満足されておりますか」

「え」

「あ、これは——失礼しました。江戸っ子のはしたなさでお許しください」

「ふむ」

「ですが——」

重三郎は熱を込めて、膝を進める。

真剣な表情だった。

その表情に吸い込まれるような心持がした。

「憚《はばか》りながら、この重三郎、先生のあの扇絵が好きでございます。あの姫の流すような目つきと、円《まる》い頬のふくらみの表現は素晴らしいと思いました。しかし先生は、あの絵は、おかみに捨てられたとおっしゃり、居酒屋の娘ごときに下げ渡しました。先日は、家に帰って竈にくべてしまおうと思っていたとおっしゃったとか。勿体のうございます」

「む」

「あの絵がよくないというのは、そのおかみの好みにございましょう。どれほど偉いお方かは知りませぬが、絵をご存じのかたではありますまい。いったん世に出るとなれば、あの絵が大好きになるものはたくさんおりましょう。私もそのひとりにございます」

文洲は驚いた。

「先生、野に下りなされ。先生の腕があればすぐに人気者になれます。御城のお偉方の難しい命令をこなされて、あたら絵を悪く言われて、満足でいらっしゃいますか。あのような絵を、たくさん描いてくだされば、この蔦屋《つたや》重三郎、必ず先生を人気者にしてご覧に入れます」

その言葉を聞いて、文洲は、胸を突かれたような思いがした。

「む、う……」

思わず絶句して、落ち着こうと、酒を口に運ぶ。

そして、ふと、

(あれ――もしかしてわたしは、こういった言葉をずっと聞きたかったのではあるまいか)

と思った。

(褒められて喜ぶなぞ子供のようだが――、嬉しい)

心の奥底からあがってきた、沸き立つような感情を、抑えられない。

今、目の前の男に『あなたの絵が好きだ』と言われた。

こんなことを言われたのは初めてだ。

十八で江戸城に上がってから、毎日、数え切れぬほどの絵を描いてきた。重役や大名の屋敷の改装があると言われれば駆り出されて襖を描き、出張があるといえばついていき絵図を描く。子供のための玩具の絵付けや、お偉方の家の隠居の趣味の手伝いを命じられたことさえある。

そうやって責任《せめ》を追いかけるように生きてきた。

絵師が絵を描くのはあたりまえで、わざわざ褒められることもない。

しかし、人間はそう割り切れたものではない。

一生懸命働くことは苦でもない。休みがなくても、夜中まで働いても、働くこと自体は辛《つら》くない。辛いのは、誰も自分の頑張りを認めてくれないことだ。どんなに誠実に働いても、誰もその心を知らず、褒められもせず、孤独であり続けることだ。

たったひとこと、あなたの絵が好きだと言われれば、ほっと安らぐ——絵師とはそういうものかもしれなかった。

（今、わたしは、自分の心の中に溜まった疲れの理由がわかった）

文洲は杯の酒に映った行灯の明かりを見つめながら思った。

（そうだ。わたしは誰かに、わたしの絵が好きだと言ってほしかったのだ）

口をへの字に曲げて、杯を見つめている文洲の顔を見て、重三郎は続けた。

「身分を弁《わきま》えず、失礼千万であることは承知の上でございます。しかしこれもご縁でございます」

「う、うむ」

「先生。町人の世界では、絵師はすべて自分の裁量で、自分の絵のことを決めます。何を描くかも、どう描くかも、どこの書肆で開板するかも、絵師の先生次第です。もちろん、それゆえに厳しい世界ではございます。しかし、そこには自分だけの人生《いきかた》がございます。そして良き絵を描く者には、それ相応の尊敬が寄せられます」

「——夢のような話だのう」

「先生、もったいのうございます。あれほどの絵を描く絵師が、ひとの言われるがままに絵を描き、いらぬといわれてそれを持ち帰る。想像するに、大きな仕事をなされても、それは上司の筆頭絵師のごとき者の手柄になるのではありませんか」

「そのとおり——」

「先生にも身分もお立場もございましょう。ですが、これも縁です。あの絵を見せていただいたお礼に、いちど先生を接待したいのですが、いかがでしょうか」

「いや、いや、何を言うのか——」

「いえ、せっかくでございます。先生と実際にお会いし、お顔を拝見して、お声を聴き、ますますこの蔦屋重三郎、先生に絵を頼みたくなりました」

「わたしはお勤めがあるのだよ」

「承知してございます。承知したうえで、このご縁を神仏の采配とご理解たまわり、一晩なりと、御身をわたしにお任せください。いえなに、ひと晩、この重三郎に先生をおもてなしさせていただき、しかるのちにお仕事を受けていただかなくても、それはそれでございます。江戸っ子は野暮を申しません。そもそも、わたしは、版元にございます。作家先生、絵師先生と縁を結び、御高説を賜るのは仕事でございます。何も心配なさいますな！」

重三郎は、思いを込めるように言った。

その勢いに文洲は圧倒された。

重三郎は文洲の屋敷の場所を無理やり聞き出し、壬午の日の夕方に迎えの駕籠《かご》を行かせると、

強引に約束をさせてしまった。

◇

その夜。

上気したような気持のまま文洲が、京橋から木挽町までを歩いて帰ると、狩野屋敷の門前に、立派な漆塗りの駕籠が横づけになっていた。

思わず文洲は足をとめ、暗闇から遠目に眺めた。

門が開き、法印栄川が、客と思《おぼ》しきサムライを伴って出てくる。

栄川は、遠目からもわかるほどの笑顔を浮かべて、サムライに入念に挨拶をした。

そして、サムライが乗った駕籠の扉が閉まって動き出しても、下げた頭を上げようとはしなかった。

目の前を過ぎて行く駕籠の紋を見ると〈七曜〉であった。

今をときめく老中の田沼意次《たぬまおきつぐ》である。

(栄川——今夜は田沼様の接待であったか)

文洲は思った。

筆頭絵師の栄川は、文洲と同じ屋敷で生まれ育った遠縁の幼馴染である。

子供のころから一緒に粉本修業に励んだ。

だが、そもそも栄川は嫡男で、文洲とは身分が違う。彼は最初から家督を継ぐ運命を背負って

いた。そして幼き折より稽古にも熱心で、謙虚な人柄でもあった。誰からも好かれ、それがひとつの権勢につながっていた。

やがて旗本の田沼意次と知り合い、親友付き合いをするようになる。

田沼が老中になり幕政を掌握すると、栄川は木挽町の田沼屋敷を分割して与えられ、筆頭絵師である『法印』の号を得た。

田沼は折に触れ、かつて自分の屋敷であった木挽町狩野家を訪れ、栄川との関係を深めていった。田沼の贔屓《ひいき》という名声を得て、栄川の絵は、全国の大名の間にも広がっていく。

こうして栄川は、一時勢いが衰えた狩野派に、再び活気を与えた。

いわば狩野派にとっての〈中興の祖〉なのである。

こうして絵師としての位を極めた栄川であったが、いっぽうで陰に回ると、

「栄川は、田沼と癒着《たぬき》して画名をあげている。絵師の風上にもおけぬ狡猾さよ」

と悪口を言われてもいた。

絵師のくせに絵筆も持たぬという噂もある――いずれにせよ毀誉褒貶の激しい人物である。

栄川は四十を超えて、めっきり太り、若い頃の面影はない。

みっしりと体に肉がつき、貫禄のある男ぶりである。

にこやかに田沼の駕籠を見送った栄川は、ふと顔をあげ、奥の暗闇にある提灯に目をとめた。

そして、それが文洲のものだと気が付くと、バツが悪そうに頭をかいた。

「気まずいところを見られたものよ」

自嘲気味につぶやく。

文洲は近づき、気安く声をかける。

「何を言うか。法印たるおまえであれば、田沼様のご機嫌を伺うのも当然の仕事であろう」

「皮肉を言うな――ごますりだと思っているのだろう？」

そして栄川は笑って、

「だが、田沼様には納得してもらったぞ、京二条城の奥の間は、息子の養川にやらせる。決まりだ」

と言った。

「えっ！」

文洲は絶句した。

京都二条城の改装は徳川家の懸案であった。

将来、国賓として迎えることになるであろう朝鮮国通信使の宿泊を想定して、国の威信を示す豪華絢爛たる襖絵を、対馬、下関、鞆の浦、室津と全ての賓館で新調する。日本中の奥絵師が動員され、万石単位の費用が投入されていた。

上位の絵師が客間や居室を担当し、下位の絵師がその他の部屋を担当するわけだが、最も重要とされる京二条城の客間の襖絵を、いったい誰が描くのか。全ての絵師の関心事であった。

狩野家の筆頭、奥絵師四家の腕利きの中でも、木挽町家の栄川と、鍛冶橋家の探林《たんりん》のふたりが有力候補と言われていた。

先日、将軍家治《いえはる》が臨席しての下打ち合わせでは、円熟期を迎えた狩野探林の洒脱な画風が、江戸ぶりで良いのではないかという感触だった。

探林有利のうわさが城内に流れるやいなや、栄川はすぐに動いたというわけだ。

（なんと素早い――）

文洲は、舌を巻いた。

旧友で老中の田沼意次を自宅に招き、自分の派閥に仕事を割り振るように根回しした。

当然、いくばくかの金を渡したのであろう。

（さすがだ――）

文洲は、立派な策略家となったこの幼馴染の顔を、呆然と眺めた。

「今回の大仕事、鍛冶橋家のものなどに任せるわけにいかぬ。この国のためにも、わが木挽町家が承《うけたまわ》り、やまと絵の威信を示さねばならぬ」

栄川は、確信に満ちた口調で言った。

提灯の明かりに浮かんだその脂ぎった横顔が、まるでひとのものとも思えぬと文洲は思った。

すると栄川は、ふっと肩の力を抜き、

「筆一本で生きているおまえにしてみれば、このような根回しは気に入らないだろう。わたしも他家の絵師どもがどんな陰口を叩いているか、知っているつもりだ。だが、これも上に立つ者の務めだと思っている。わかってもらえると嬉しい」

と恥ずかしげに笑った。

「わかっているさ。ずっと一緒に頑張ってきたではないか」

「幼馴染のお前が、そう言ってくれるとありがたい」

栄川は、ほっとした顔をした。

「お前が御用部屋にいてくれるおかげで、わたしも安心して本丸に詰めることができるというものだ」

「…………」

「――ふう。しかし疲れたな。久しぶりに絵が描きたい。今夜は新弟子の時代を思い出して、小茄子でも描くかのう」

そういって屋敷内に戻っていく栄川を見送ると、文洲の手にした提灯のろうそくの炎が音もなく揺れた。

なんとなく、しんとした気持ちでため息をつき、文洲は同じ狩野屋敷内にある自分の長屋に帰ろうとする。

そのとき、中庭の離れに明かりがついているのが見えた。

栄川の息子、法眼養川が、絵の稽古をしているのだ。

養川は子供のころから融通が利かぬほどの真面目な性格で、あらゆる古典の絵を集めては模写研究に励んでいる。絵のことしか考えていないような、まっすぐな青年だった。

修業に明け暮れた自分の若い頃を思い出す――文洲はこの青年に好意を覚えるのと同時に、

（しかし、あやつには輝かしい明日が待っている。年老いてしまった自分には、もう、なにもな

い）

と、苦々しく思った。

養川が若く新しい感覚で国の威信を賭けた襖絵に挑むときに、もう三十年修業している自分は、大奥に呼ばれて子供の遊び絵を描いている。

それもこれも政治の力なのだろうか。

何か、やりきれないものが、腹底に湧いてくるのが分かった。

◇

重三郎は約束どおり、壬午の日の暮れの七つに、木挽町狩野屋敷の門前に駕籠をよこした。

文洲は、御城に二日の病欠の付け届けを出し、妻には用事があると言い含めて、重三郎の駕籠に乗った。

駕籠は江戸の町を北上し、文洲を吉原に送り届けた。

（なんと、吉原か――）

文洲は驚いた。

文洲も料亭などで饗応を受けた経験はあるが、吉原に来たことはなかった。別に嫌うわけではないが、縁がなかったのだ。

大門前の引手茶屋『桔梗屋《ききょうや》』に、蔦屋重三郎が待っていた。

「これは先生、お運びいただきまして、ありがとうございます」

重三郎は丁重に言った。

「吉原とは驚きました」

文洲が言うと、重三郎は、

「実はわたくし、日本橋に店を構えておりますが、元は吉原の生まれでございましてね」

と笑った。

「吉原には日の本じゅうから、天下一の美人が集まります。集う客衆も各界にて名を成した粋人ばかり。当然、歌舞音曲、俳諧、絵画、あらゆる芸能が集まる場所でございます。先生、今宵は仕事のことなど無粋な話はいたしません。浮世のことは忘れ、お楽しみください」

そして、

「通はこうするのです」

といって、吉原の台屋（仕出し屋）ではなく、浅草のうなぎ屋から取り寄せた料理と、伊丹の下り酒を出した。

音曲の芸者を呼んで歌わせておき、美妓《びぎ》を呼ぶ。

文洲は黙って、その饗応を受けた。

「重三郎殿、わたしは不調法ゆえ、せっかくのもてなしを黙って受ける野暮をお許しください」

「いえいえ、こちらこそ町人の下品な遊びにつき合せて申しわけございません。実際の所、わたしが先生をダシにして楽しんでいるのでございますよ。ははは」

重三郎は明るく言ったが、必死でこちらを楽しませようとしている様子が見て取れた。

文洲は決して粋遊びなど得意ではなかったが、そうまでして接待しようとしてくれるこの商人の心根が嬉しかった。

おりんに聞いた話では、この重三郎というのは、江戸の町では知られた地本商人なのだそうだ。

『絵物語』と言われる子供向けの絵本、『黄表紙』と呼ばれる大人向けの戯れ本、美人画、相撲絵のような『錦絵』の世界で、あの手この手で話題作を開板しては人気を呼んでいる。多くの無名の若者を絵師や戯作者として売れっ子に押し上げており、いわゆる市井の『浮世絵』や『戯作』と言われる世界で名をあげたい若者たちが、重三郎の店に押し寄せているらしい。その世界では目利きと呼ばれている男だというのだ。

町人とはいえ、それほどの男が文洲の絵を好きだと言ってくれ、その絵を買わせてくれないかともてなしてくれる。ありがたいと思わずにはいられなかった。

やがて、酒も回ったころ、重三郎がこう言った。

「そろそろ妓楼に移りましょう――。今宵は、海老楼《えびろう》の花魁、川越を用意しております。いいオンナですよ」

そのときだ。

がたがたと騒々しく廊下を走ってくるものがあった。

ばあんと乱暴に、襖があけられる。

「――何者？」

そこに立っていたのは、鋭い目つきをした蓬髪の男——。太い腕で、髷《まげ》をつぶした崩れ美妓《をんな》をふたり抱えている。

その顔を見て、重三郎が叫ぶように言った。

「鉄蔵——」

男は、

「おう、蔦重。つめてえじゃねえか。吉原で呑んでるっていうのに、おいらを呼ばない手はないぜ、お前《めえ》とおいらの仲じゃァねえか」

と、ろれつの回らぬ口調で言った。

酔っている。

目が血走っていて、なにやら獣じみていた。

「今日の相手は、このオヤジか。狩野派の絵師だそうだな。何を企んでやがるんだ、この野郎」

「鉄蔵さん、酔っているね。わたしの客人に失礼はやめてもらおうか」

「うるせえ。今、この江戸で売り出し中の浮世の絵師といえば、この鉄蔵様だ。戯れ絵から、名所絵、女に、判じ絵——どんな絵だってさんざん描いて、耕書堂を儲けさせてやってきたじゃァねえか。それがすぐに他の絵師に肩入れするなんざ汚ねえぜ」

「鉄蔵さん、あんたは、役者は描かないではありませんか」

「当たり前だ。おいらは絵師だ。男一匹、この腕一本で絵を売る。おいらの絵を買う客は、おいらの腕を買うってわけだ。しかし役者絵は絵師の名前で売れるわけじゃァねえ。役者の名前で売

れるんだ。絵師なんざ誰でもいいのさ。ふざけんな、そんなものが描けるか。ナメるんじゃねえよ。絵師はな、自分の描くモンは自分で決める。自分の名前《いのち》を、絵に刻むんだからな！」

男は、酔眼で文洲を睨むと、こういった。

「あんた、役者絵を描くのかい？　カネのために？」

「いいかげんにしないか」

「気をつけろよ。こいつは商人だ。儲けの為なら平気で絵師を騙す――」

「何を言うか」

「いいかい、役者絵は、へぼでも売れるんだ。おいらたち若手が役者絵を嫌うから、こいつは役者絵を描いてくれる物わかりのいい絵師を探している。へぼでも、そこそこ描ける奴なら誰だって構わねえ。それだけだ――使い捨てられるぜ？」

「まったく。困ったものだ」

重三郎は、ため息をついて手を叩くと、『桔梗屋』の主人を呼んだ。

「ご主人。鉄蔵さんは酔っているようだ」

屈強な若い衆がどかどかと座敷に乗り込んできて、鉄蔵、と呼ばれた若者を連れ出して行く。

重三郎は落ち着いて、ほほえみを浮かべ、

「申し訳ございません。わたしのところには、多くの絵師の卵が出入りしておりましてな。みな若く、いろんないざこざもございます。今宵は、ただ、仕事のことなど忘れて楽しんでいただきたく。それだけでございます」

と言った。

文洲もまた、

「わかっております。気になどなりませぬ。そのお心に感謝いたします」

と答えた。

世間に裏がないと思えるほど、文洲は若くはない。

頭に血が昇った若者など、掃いて捨てるほど見てきた——。

しかし、獣じみてはいたが、どこか気になる若者だったな、と文洲は思った。

その夜、文洲はさんざん呑んで、重三郎が手配した花魁と同衾した。

引手から妓楼へあがり、奥の一間で花魁の接待を受けたわけだが、

「すまぬが、床のことは不調法でな。遠慮したい」

そう説明した。

実際、酔ってしまい、女を抱く元気などなかった。

すると、川越、という名のその花魁は、

「まあ——」

と驚いて目を丸くした。

ふんわりとした目つきの、肉付きがいい、うりざね顔の女だった。

自分を抱きたくないという客は珍しいという。

「あんたが嫌いなわけではないんだ——。これは接待でな、断るわけにいかぬ」

「わかりもうしてありんす」

川越はその分、まるで父親にするように肩をもんだり背中をさすったり、くつろがせてくれた。そして、一緒に床に入り、文洲はひさびさに若い女の体温を感じながら、ぐっすり眠ったのである。

翌朝、陽が高く上がってから起きると、吉原の通りにはひとが行きかっていた。

朝の湯漬けを出され、花魁の世話でぱりっと鏝《こて》の当てられた着物を着ると、重三郎が手配した駕籠が門前に待っている。

いたれりつくせり、である。

しかし文洲は駕籠を断り、ふらりと大門を出て、舟着き場まで歩くことにした。

(ちょっとした蕩児《とうじ》の気分だな――)

よく晴れてもいて、気分がよかった。

御城への出仕を休んで、吉原から見返り柳を背にして帰るなんざ、町人どもが言うところの『粋』ではないか。

たまにはこんな日があってもいい。

帰り道に日本橋がある。

なんとなく、重三郎に、ひとこと礼を言いたい気分だった。

自分にとっては滅多にない経験で、楽しい夜だった。なんといっても明日になればまた御城への出仕が始まり、なかなか会えなくなる。絵の仕事のことも、御城でのお勤めのことを考えれば

やはり無理だろう。これだけのことをしてもらって手紙も無粋で気が引ける——。

文洲は日本橋通油町へ堀沿いに向かった。

通油町は書肆が立ち並ぶ出版街である。

舟を降りて、人に尋ねながら耕書堂に立ち寄ったが、重三郎は不在であった。

応対に出てきた手代らしき若者に、くれぐれもよろしく伝えて欲しいと言伝《ことづ》てしたあと、京橋へ向かう道をゆっくりと歩きだした。

すると堀端に、不思議に目につく開けっ放しの家があった。昼から大勢の若者が集まって酒を呑みながら、わいわいと大声で話をしている。

あまり目立つので、なんとなくそれを見ていると、その若者の中に、昨夜宴席に怒鳴り込んできた鉄蔵という若者が混じっているのに気が付いた。

鬼のような形相で、仲間らしき若者たちと議論している。

いけない、顔を見られてまた絡まれたら面倒だ、と思って、顔をそむけ歩きだしたとき、そばにいた恰幅の良い中年僧侶が、声をかけてきた。

「あきれたものですな、あの者どもは」

「あれは、何なのですか？」

文洲は、聞いた。

「あれは、耕書堂さんの『長屋』なのです」

「長屋？」

「あの古い商家を借り上げて、戯作者や絵師を志す若者たちを住まわせているのですよ」

「なんと」

「耕書堂さんは、やり手だ。若い連中を集めて、その中から使えそうなものを引っ張り上げて売れっ子にして商売にする。だが大概の若者は、世に出ることもなく消えていく。戯作や画道で名を成すこともできずに、ああやって、集まって仲間内でわいわいやるだけで、絵師でございい、などと気取っているうちに年をとって、たいした仕事もせずに消えてしまう――。耕書堂さんは、それを分かったうえで、ああして、夢を見る若者を長屋に飼っている。新しきものを育てる、若者に理解がある書店であるという評判が欲しいのでしょうな」

「ふうむ」

文洲は、唸った。

「あやつらは、自分はいつか売れて、戯作者なり、絵師なりで名を遺すのだという。しかし、そのわりに毎日やっていることは、ああして集まって朝から晩まで絵の話をしているだけだ。絵師なら絵を『描く』ことがやるべきことであろう。しかし奴らは、集まって『話』ばかりしている。一人きりになって描くことよりも、みんなでいることのほうが楽しいのであろう。畢竟《ひっきょう》、誰一人、ホンモノの絵師ではないのだ」

「――――」

「彼らは、自分たちを、新しい生き方をする新しい若者だという。だが、しっかり生きて行くのに、新しいも古いもあるものか。あやつらは朝から晩まで、同じような顔ぶれで集まって騒いで

いるだけ。やることがないのだ。そして、やることがない、やることがわからないことが、若く、新しいのだという――」

僧侶は言った。

「やることがないことなど、若さでも新しさでもなんでもないわい。わたしを見ろ。僧侶として、朝のお勤めから、掃除に奉仕、捨て子があれば育て、貧乏人がおれば布施をする。おあしがなければ稼ぐことすらする。やることだらけだ。毎日雑事で忙しくてたまらぬ」

「御坊――」

「あやつらは、わしのような生き方は一生報われないと嗤う。つまらぬ責任《せめ》に縛られ、つまらぬ雑事に毎日を費やして、名も知られずに死んでいく、つまらぬ大人だという。だが、拙僧に言わせれば、好きなことをやりたいといいながら、やるべきことが何もない人生《いきかた》よりも、好きなことなど何一つやっていなくても、やるべきことがたくさんある人生のほうが、ずっと豊かだ――仕事とは、やりたいことをやることなどではなく、やるべきことをやることじゃからのう」

そういうと、僧は、じゃらり、と数珠を鳴らし、

「南無阿弥陀仏」

とつぶやいて行ってしまった。

◇

翌朝、いつものように徒歩で登城し、中奥の絵師御用部屋に入って絵具を整えていると、

「文洲殿――」

と声をかけられた。

振り返ると、木挽町狩野家の跡継ぎである法眼養川であった。

このとき二十五歳。いかにも若く、線の細い青年である。一昨日吉原で出会った町絵師の鉄蔵と同じ年ごろに見えた。

そのことに、なんだか、心の中に清水が流れ込むような新鮮な気持ちを持った。

鉄蔵のすさんだ目つきに比べ、この青年は、なんと澄んだ瞳をしているのだろうか。

「ちょっと、ご相談が――。こちらにいらしていただけませぬでしょうか」

そう言われて、奥の作業部屋に入る。

そこには、畳一畳ほどもある襖の下絵が広がっていた。

見事な松の巨木をあしらった狩野派らしい力強い作品である。

「どう、思われますか」

文洲は、その絵の迫力に圧倒された。

この青年はここ半年、夜な夜なあらゆる絵の文献を紐解いて、研究に勤《いそ》しんでいた。文洲が知る限り、養川は遊びにも食事にも接待にもいかず、友人とも会わず、女あそびもせず、ただ屋敷と江戸城を往復するだけで絵の研究に打ち込む暮らしをしている。

(こんな絵を描いていたのか)

狩野派らしくありながら、南蘋《なんぴん》派のような枝ぶりのあしらいがあり、背景には、南宋期の墨絵

のような要素を入れ込んでいた。

「ふうむ――」

文洲は、じっと絵を見る。

最初は衝撃だったが、だんだんと、絵の欠点が見えてきた。

「背景が少し、こなしきれていない気がする」

「は」

「枝ぶりが、襖の外枠《そとわく》を意識しすぎている。これは我ら木挽町狩野の特徴だとは思うのだが、おぬしは若い故、もう一度、外枠を捨ててみるといいのではないか」

「といいますと」

「襖という『枠』に囲まれた狭い中に巨木の枝を描くのではなく、まず、めいっぱい好きなように枝ぶりを広げたうえ、その広い景色を、切り取るように描くのだ」

「――なんと。新しいですな」

「そうかな？」

「さすが文洲殿であります」

真剣な目つきで養川は言った。

絵のために役立つものならば、どんな意見でも聞いてやろうという貪欲な目つきだった。

文洲は励ますように言った。

「法印殿に聞いたぞ。次の二条城の客間は、貴殿の仕事になるのだそうだな。これはその下絵で

あろう。であれば、ますます枠にとらわれるべきではない。描き直すのだ」

「はい。文洲殿の意図するところは……」

養川は、紙を手に取り、その場でささっと枝ぶりを描き、襖絵の一部に置いた。

「こういうことでしょうか」

「いや──」

文洲は筆をとり、まったく別の流れるような枝を描いて、そこに並べた。

「こうではないか？」

「ふうむ」

「どちらも良いな──。ちょっと他のみんなにも聞いてみよう」

文洲は唸った。

ちょうど御用部屋に、鍛冶橋狩野家の筆頭絵師の探林が来ていた。

いつも手ぬぐいを頭に巻いている変人で、少し気難しいところがある老人だった。

文洲の幼馴染である法印栄川の好敵手である。

「探林様、ちょっとこちらに来てくださいませんか。意見を聞かせていただきたいのです」

鍛冶橋家の重鎮の出座に、若い養川は恐縮して畳に手をついた。

「探林殿、ありがとうございます」

「なんの、なんの。若い者の絵を見るのは、大好きだ」

探林は飄々とそう言うと、じっと養川の絵を見た。

そして、

「まず、養川殿、ようなされた。ここまでよく頑張った。だが」

と、舌を舐め、

「いい絵だが、二条城の襖絵としては、ダメだ」

と言った。

文洲は、探林の横顔を注意深く見つめていた。

栄川と田沼の癒着のことを根に持って、意地悪を言うような様子があれば、年長の自分が止めねばならないと身構えていたのだ。

だが、探林の表情には、そのかけらもない。

ただ虚心坦懐に、若い養川の絵を良くしようという、誠実で前のめりの真剣な顔つきだった。

「まず、客人をどう饗応するのか。そこを考えたかな。こたびの貴殿は、ただ素晴らしい絵を描くだけでは充分ではないのだぞ。二条城の客間は特別な場所だ。この日の本そのものを描かねばならない。乱暴に威圧するだけではダメだ。強さがあるだけではなく、柔《やわらか》くなければ――」

「はっ」

「そして画風は、やまと絵でなければならない。南宋派、北宋派、南蘋派、それらを研究するのは素晴らしい。だが呑まれてはならぬ。外国の技法は消化して、やまと絵の滋養とするのだ」

文洲は横から言った。

「探林殿、養川殿が、下絵をおかみに示さねばならぬのは十日後でございます。今からすべて書

き直すのは難しいかと」

「ふむ、時間がないということだな。よし――」

探林は言った。

「みなのもの」

御用部屋にいた絵師全員に聞こえる声であった。

「みな今夜は、それぞれのお役目が終わったら、この部屋に集まれ。みなが納得できるまで、徹底的に議論しよう。養川殿がここまで積み上げてきた案を捨てずに発展させて、図案の方針を決めてしまおうではないか。これは千年残る絵になる。わが狩野派の知恵のすべてを養川殿に授《さず》けようぞ！」

◇

それから、しばらくたって――。

京橋の〈肴屋〉の二階座敷で、文洲はあの吉原の夜以来、久しぶりに重三郎に会っていた。

「そうですか――、やはり描いてはいただけませんか」

重三郎は肩を落とした。

「申し訳ない」

文洲は、頭を下げる。

「いえ、最初から奥絵師様に描いていただくなどは無理だったのです。わたしのほうこそ町人の

下品な遊びにつきあわせて申し訳ございませんでした」

「下品などということはありません。本当に楽しい夜だった。そして多くを学ばせていただいた」

「残念です――。先生に描いていただければ、必ずや江戸じゅうの評判になったものを」

「そうでしょうか」

文洲は酒を呑みながら首を捻った。

「わたしはそうは思わないな。わたしは、やはりダメな奥絵師に過ぎませんよ。奥絵師三十六名の中の末席で、技術は未熟で、不器用で、へまばかりやっている」

「何をおっしゃるのですか。先生の絵は未熟ではありません。それに、だからこそ、先生には堅苦しい城など退去されて野に下り、わたしの店で自儘《じまま》にやっていただきたかったのです。狩野の名前が重ければ、名を変えてさしあげます。やりようは、いかようにもあるのですよ」

「それは『逃げること』であるような気がしましてね――」

文洲は笑いを含む口調で言った。

重三郎は、焼き魚の身をほぐしながら、上目遣いに言う。

「そうですか？　わたしはそうは思いませんがね。この江戸の町で絵師と呼ばれる者は掃いて捨てるほどいる。その中で名をあげるのは、大変なことなんですよ。言ってはなんだが、この重三郎が手掛けるというのは好機なんだ。わたしなら、どんな絵師でも売り出すことができます。だからこれは逃げではなく、挑戦です」

「ふむ――。しかし、わたしは、その世界では生きられないでしょうな」

文洲はしみじみと言った。

脳裏に、あの鉄蔵の、狂ったような目つきが浮かんだ。

あのような生き方は、自分には無理だ。

「つかぬことを聞くが。あの吉原の夜に出会った――鉄蔵殿とおっしゃったか――あの若者の絵は、売れていますか？」

「それが、さっぱりですな。あやつ、絵のことになると狂ったようになるくせに、いざとなると空回りばかりしている。同世代の連中にも食って掛かるし、下宿で暴れるし、着物は洗わず、家には居つかず、女癖は悪くて、締め切りも守らぬ。本当に困ったものです」

「ふうむ。だがあなたは、密かに彼を買っている」

「え？」

重三郎は、驚いた様子で、文洲の顔を見た。

「わかりますか？」

「わかります――」

文洲は言った。

「わたしもなぜか、彼は気にかかる――。今は若く、画風に苦しんでいるかもしれない。だがいつか大成する。そんな気配が、ぷんぷんとする。わたしも、長く絵の仕事をして、さまざまな若者を見てきましたからな」

「ふうむ」

「ホンモノの絵師とは、きっと、あのようなものでありましょう。絵に生き、絵に死ぬ覚悟ができている。安易に技巧に逃げないで、もっと深い何かを摑もうともがいている。そういう人間は、いつか必ず何かを摑む——。だが、わたしは違う。わたしはもう若くない。毎日城に通って、おかみからお扶持をいただいて生きてきた。これからもそうするのでありましょう」

文洲はそう言って、酒を呑んだ。

鉄蔵が、何度もの改名と、何十回もの引っ越しののち、葛飾北斎《かつしかほくさい》と名乗って町絵師の頂点に立つのは、この四十年後のことである。

店の計らいか、座敷の床に、あの日おりんに貰われた扇子が、しゃれた一輪挿しと並んで、飾ってあった。

(くだらない絵だ)

内心で、文洲は思った——。

今なら、大奥の姫がなぜこれを嫌ったのかもわかる。

上手なだけでは子供の心はつかめない。子供の心をつかむのは、上手な絵などではない。

その顔を見て、重三郎は聞いた。

「ちょっと失礼なことを聞かせていただけませんでしょうか」

「どうぞ」

「毎日御城にあがって、絵のことなどわかりもしない重役の命令で絵を描くなど、退屈ではあり

ませんか？　宮仕えなど窮屈で、わたしには到底耐えられません。宮仕えに埋もれて終わる一生より、自らの力の限りを尽くして、自分の名前で世に打って出ることに全力を傾けることにこそ、意味があると思いますが、いかがでございましょう？」

　すると文洲は、ふうむ、と考えたあと、穏やかな表情でこう答えた。

「確かに――。宮仕えは面倒ですなあ。ご老中も大樹公（将軍）も絵のことなどまったく素人でいらっしゃいます。彼らのおもいつきを絵にするのが仕事でございますから、そりゃァ、苦労もございます。まったく毎日、くだらぬ雑事だらけで嫌になりますな。ですが、それに揉まれて、自分の名前も出ない絵を描いていくことが、わたしの生き方なのです。それにはそれで、あなた様にはわからぬ喜びもあるのでございますよ」

　実は先日、江戸御城の『松の間』において、二条城の奥の間の襖絵の審議が行われた。担当絵師である法眼養川が、将軍、老中、中老のお歴々の並み居る前に進み、松の巨木と虎をあしらった最終図案を提示し、その説明をしたのだ。

　あれから十日間、悩める養川を中心に、中奥御用部屋に控える狩野四家の絵師たちが、深夜まで議論と修正を繰り返して練り上げた渾身の図案であった。

　文洲は不眠不休で、養川のために、顔料の練りこみや、紙の手配など、あらゆる下回りの雑務を引き受けた。

　この間、養川も文洲も、自宅には帰っていない。

黒布に隠された絵が広間に運び込まれ、いよいよ披露されたとき、広間に居並んだ老中田沼意

次をはじめ重役たちは、おお、と、息を呑んだ。

金地に黒みがかった深緑の顔料で描かれた巨大で威厳ある松の巨木の絵図である。

みな、絵を睨んで、押し黙ったままとなった。

やがて、老中のひとりである阿部豊後守が、

「この背景の金砂子《きんすなご》は薄いのであるまいか――」

と発言した。

ざわざわと場が乱れる。

養川は広間の真ん中に平伏したまま微動だにしない。

ここで養川は、発言するべきだった。

阿部豊後守は、頑固で面倒な老人だったが、絵の専門家ではない。担当絵師として説明する責任がある。

重役の末席に控えた父の栄川は、

(がんばれ養川、何か言え――)

とばかりに、と奥歯を嚙みしめている。

しかし養川は緊張のあまり、汗だくになって固まったように広間の真ん中に平伏したまま、動かない。

厳しい緊迫をはらんだ沈黙が、一座を包んだ。

中庭の白砂に、大勢の絵師たちに交じって控えていた文洲は、ついに耐えられず、大声で叫ん

だ。

「お、畏《おそ》れながら!」

ざわ、と重役たちは、その末席のしょぼくれた中年絵師に注目した。

目がくらむ思いがした。

しかし、これは、自分が言わねばならぬことなのだと文洲は思った。

栄川は立場上発言できない。

養川は、我を失っている。

ここで発言できるのは、自分だけだ。

末席とはいえ、木挽町の絵師の誰かが、言わねばならぬ。

「――この背景は、わが狩野派におきまして、探幽以来引き継がれてきた金砂子の技法にございます。二重三重の塗りをほどこし、波の様相を表してございます。手前が濃く、奥を薄くすることで、奥行きが表現されておりまして、これは法眼養川が今回最も工夫し、われらに指図を行い、われらもまた、できることをやりつくした表現にございます。薄いというのは、畏れながら間違いでございまして、それが狩野派の意図にございます!」

もう、汗だくで、手元がぶるぶると震えていた。

養川は平伏したまま微動だにしない。

それを見て、老中田沼意次と、将軍家治は、顔を見あわせた。

そして、一瞬の沈黙ののち、破顔した。

「あはっはっは！」

「よう言ったの」

家治は言った。

「のう、栄川。しばらく狩野派の天下はゆるぎないものになりそうだのう。絵師どもの層の厚さが、他の流派とはけた違いだ。越権なりとの譴責《けんせき》を恐れず、末席からよく言ったぞ――。よし。その者の言葉を信じ、この絵柄で行こう。法眼養川、差配せよ」

「ぎ、御意にございます！」

養川が絞るようにして出した声は、裏返っていた。

そのことを思い出しながら、文洲は優しい気持ちで、酒に映った雪洞《ぼんぼり》の灯りがゆらぐのを見ていた。

そして、顔をあげて、この野心に満ちた町人に、こういった。

「ありがとう、重三郎殿。あなたと仕事ができなくて残念だ。だが、わたしにはわたしのやるべきことがある。あなたと仕事をして、江戸の有名人になるよりも他に、わたしには、描くべきものがあり、仲間がいて、それ相応の面倒くさい政事ごとや、いさかいや、雑事がある――だが、そこから逃げるわけにはいかない。それがわたしの居場所なのだから」

重三郎たちが生きる世のなんと魅力的なことか。

だがそこは、自分の生きる場所ではない。

「わたしは、木挽町に住む、名もなきひとりの絵師にすぎない――それもまた、わたしの生き方

だろうよ」

その日文洲は、店を出ると重三郎と別れ、外堀沿いに出た。

外堀の向こうは、武家が集う御城。

こちら側は、活気あふれる町人の町。

どちらも本物で、差などはあるまい。

文洲は明日も、あの木挽町の狩野屋敷の長屋から、御城の中奥にある小納戸役の絵師の御用部屋に、なんの変わりばえもせずに出仕する。

そして、ため息をついたり、愚痴を言ったり、ときには大奥の姫君に嫌われながら、生きていくのだろう。

白縫姫奇譚

瑣吉《さきち》は『雨月物語』に挟《はさ》まれた付箋《ふせん》を見て、あっと小さく叫んだ。

そこには、こう書かれていた。

――なにをしてゐる　書きなん之

何か、恐ろしいものを見たような気がした。

その付箋を取って隠し、冊子を本の山に戻す。

胸が、どきどきと高鳴っている。

瑣吉は、書肆《しょし》『耕書堂《こうしょどう》』の手代だった。

耕書堂は、元は吉原《よしわら》の零細な貸本屋だったが、十余年前に遊女遊郭の案内本『吉原細見《さいけん》』の販売権を取得して名を知られるようになった地本屋《ぢほんや》だった。『吉原細見』の利益で、倒れかけた本屋の株を取得し、出版の本場である日本橋に進出して通油町《とおりあぶらちょう》に本店を構えた。今では売れっ子の戯作者《げさくしゃ》や絵師を起用した黄表紙や絵本を次々上梓《じょうし》する大手の版元になっている。

瑣吉は、深川の旗本屋敷に仕える武士の五男坊だったが、子供のころから物語が好きで、いつか戯作者として名をあげることを夢見ていた。十七歳のとき、思い余って主家を飛び出し、町人の物書き同人に飛び込んで見よう見まねで物語を書き始めた。やがて先生と呼ばれる人を訪ねて読んでもらうようになったが、期待に反して、その評価は厳しいものだった。一向に戯作の腕はあがらない。が、実家には帰れない。

少しでも戯作に近いところで働きたいと、人気戯作者の山東京伝《さんとうきょうでん》に紹介してもらって、耕書堂の手代として働き始めたのだ。

「まずは吉原の行商から始めてもらおうかな」

耕書堂の主人、重三郎《じゅうざぶろう》は言った。

重三郎は、蔦重《つたじゅう》の名で知られる業界の風雲児であり、骨太で目と口の大きな、精気横溢《おういつ》といった風貌の男であった。

「手前どもが有名な先生がたを抱えて評判の黄表紙を出しているからといって、油断はなりませんよ。わが耕書堂の根っこは吉原にあるのです。春秋に出す『吉原細見』の歳入が全ての土台なのですからね。お前さまはまず、吉原の妓楼を回って貸本をするのだ。大事な仕事ですよ。見るもの聞くものがすべて商売のたねになる。しっかり勤めなさい」

そう言われて瑣吉は毎日、午《うま》の鐘を聞いた頃に吉原の大門《おおもん》をくぐるようになった。

昼の吉原は夜のそれとは別の世界——。昼見世《みせ》に出る遊女の横で、髪結いや菜飯屋が店を開け、街路は台屋（仕出し屋）に野菜や魚を届ける大八車、風呂敷を担《かつ》いだ呉服商、酒屋、布団

屋、塵芥仲買、紅《べに》問屋に大工や左官まで、出入りの業者でごったがえす。

瑣吉は連日、大きな行李《こうり》を担いで街路を進み、立ち並ぶ妓楼の隙間の裏路地に這入《はい》りこんだ。

裏路地は外の賑わいがウソのように静まり返っている。まっすぐ伸びる一間《けん》幅ほどの小路に、屋根の庇先《まびさき》から漏れた光が、二すじ、三すじ、と伸び、足元に切られた小さな溝《どぶ》に音もなく汚水が流れていた。

瑣吉はいつも、溝を踏まぬように慎重に奥へ進み、目当ての妓楼に裏から這入る。

そして、お内証《ないしょう》の板の間に座って風呂敷を解き、行李の中から冊子を取り出して並べると、大きな声で、

「耕書堂でござーい。耕書堂でござーい。草紙に書物、御用でござーい」

と叫ぶのだ。

すると、禿《かむろ》やら牛太郎《ぎゅうたろう》やら、遣り手から下男まで、妓楼で働く老若男女がぞろぞろと集まってくる。階上《うえ》にいる見習い女臈《じょろう》など、きゃあきゃあと嬌声をあげながら、階段を転げ落ちるようにやってきた。

貸本は、江戸の町では人気の娯楽。特に町娘の間では引っ張りだこだ。吉原から外に出ることを許されぬ女臈たちにとっても、数少ない楽しみであった。

「ねえ耕書堂さん、『源氏物語』の宇治の章、持ってきてくれた?」

「『絵本 詞《ことば》の花』はないの?」

少女たちは、板の間に並べられた草紙を手にしながら口々に言う。多くは近隣の貧しい農村か

ら売られてきた子供たちである。吉原で初めて読み書きを習い、読本《よみほん》の楽しみを知ったという娘も多かった。

「へえ、へえ。『源氏物語』はこちらに。『詞の花』は、先ほど、三浦屋さんで出てしまいまして。はい、次は必ず……」

瑣吉はにこにこと相手をしながら、注文を帳面に書きつける。

ご女藹も、花魁《おいらん》まで出世するには古典文芸の教養を身につけねばならない。少女たちは楽しみ半分ではあっても真剣であった。なかには妓楼の裏の階段に座って、瑣吉が来るのを待っている娘までいた。

「やっと来た。遅いわよ」

「へえ、申し訳ありません」

「なによ、また黄表紙と絵本ばかり？」

「それが人気でして――」

「あちきは、こんな子供だましの本は嫌い。八文字《はちもんじ》屋本を持ってきておくれよ」

「それはずいぶんと、ませたことを――お姫様《ひいさま》には、お早いですよ」

「子供扱いしないで。これでも吉原の美妓《をんな》よ」

こうして届ける貸本の中に、上田秋成《うえだあきなり》の『雨月物語』を紛れ込ませたのは、瑣吉のちょっとした悪戯心だった。

『雨月物語』は、十七年前に上方《かみがた》で上梓された読本である。物語好きの間では話題になったもの

ない。
の、京でも大坂でも売れなかった。地味で難しくて説教臭い。洒脱《しゃだつ》を好む江戸では、さらにウケ
しかし瑣吉は、そんな世間の評に腹を立てていた。
（なぜこれが売れないのか、まったくわからぬ。世の中はモノの見えぬ連中ばかりだ。この物語
は長く読まれ、必ず評判になる――）
この価値、わかるものがおれば、読んでみよ。
そんな斜《しゃ》に構えた気持ちで、貸本の中に紛れ込ませたのである。
（しかし――これを読み、付箋を残したものがいる？）
瑣吉は、耕書堂の奥の書庫の薄暗い光の中で、積み上げた貸本の山を、恐ろしいものを見るよ
うな気持ちで眺めた。
（しかも『なにをしてゐ《い》る　書きなん之《なさい》』とは……）
心の奥にしまっていた自分だけの秘密を、ぐさりと小柄《こづか》で刺されたような気がした。
耕書堂に入ってからというもの商売を覚えるのに忙しく、一行も物語を書いていない。いつか
文筆家になる、戯作者として世に出る、と言いながら日々の暮らしに流され、大事なものを見失
っているように思えてならない。

◇

数日後、行商から戻ってきた瑣吉は、再び驚いた。

今度は本に、このような書付けが挟んであった。

――そは　お前の　ゐるところではない

今度の本は青木鷺水《あおきろすい》の『吉日《きちじつ》鎧《よろいの》曾我《そが》』。八十年ほど前の武家物で、流行の黄表紙ではない。これを読むのはよほどの者だ。

(だ、誰だ……)

瑣吉は、じっとりと汗をかく。

(いや、偶然だ。気のせいに違いない)

瑣吉は、ぶるぶると頭《かぶり》を振った。

誰かの付箋が残されていたか、手紙をちぎって栞《しおり》の代わりにしたものが挟まっていた。それをたまたま自分が見つけた。そうに違いない。

(しかし、それにしては、心を乱す言葉ではないか)

瑣吉が武士の身分を捨てて、商人にまで身を落としたのは、すべて戯作者になるためだった。二十歳までには芽を出したいと思って果たせず、二十三歳までにはと思って果たせず、ついに行商人になってしまった。今や二十五を過ぎた自分にとって、戯作の作家になりたいなどとは、言うに憚《はばか》られる夢である。同じ年頃の男どもはそれぞれ独立し、忙しく働いて女房子供を食わせている。ともに深川の旗本に仕えていた幼馴染の中には家督を継いだ者もいる。自分だけがこん

なところでくすぶっているのだ。

（偉そうに戯作者になると言って家を出たのに、一行も書けていない。忙しくて書けないなどというのは言い訳だ。書きたいものがわからなくなってしまった）

夜ごとに布団に入ると頭をめぐる屈託を、その言葉はまっすぐに刺してきた。

吉原遊郭の人ごみを、ひとりうつむいて歩く自分を、誰かが格子の向こうから冷たく見ている？　そんなバカな。

そのとき、店の表から、

「瑣吉はいるか」

と、明るい声がした。

「へえ。ここにおります」

瑣吉は、我に返り、必死で声を出した。

立ち上がって書庫から表店《おもてだな》に出ると、そこにいたのは、普段は日本橋通油町の本店にいる主人の重三郎だった。

「おお、おったか、おったか」

重三郎は、瑣吉の顔を見ると、嬉しそうに笑った。

「前に言いつけたかな？　今夜は久しぶりに大文字屋《だいもんじ》で『狂歌の会』をやる。お前も手伝うのだぞ」

「わたしも、ですか？」

瑣吉は、不審な声を出す。

「当たり前だ。『通《つう》』のかたがたを接待するのは本屋の大事な仕事だぞ」

通のかたがた、というのは耕書堂がつきあっている売れっ子の戯作者や絵師、俳諧師や講釈師などのことである。

嫌だな、と、瑣吉は思った。

『狂歌の会』とは、田沼老中が支配していた天明の頃に、吉原で流行《はや》った文化人や名士と呼ばれる人たちのあつまりの会である。寛政も五年になって、ようやく商売が安定してきた重三郎は、これを徐々に復活させようとしていた。

そして瑣吉はこれが、苦手だった。

『狂歌の会』は毎回、ひどい乱痴気騒ぎになる。

いい年をした男どもが、通だ、粋《いき》だ、と仲間内にしか分からない符牒《ふちょう》を使ってバカ騒ぎをし、カネにあかせて美妓を呼ぶ。憂鬱《ゆううつ》なことだ。

すると、

「瑣吉さん、わたしもおりますよ」

と、重三郎の後ろから、山東京伝がひょいと顔を出した。

山東京伝は、瑣吉を耕書堂に紹介してくれた恩人である。

こうなると、瑣吉も逃げ出すわけにはいかない。

京伝は、月代《さかやき》を綺麗に剃り、糊の効いた縞の着物を身につけ、凝った根付けで煙草入れを提《さ》げていた。ひょろりと背が高く、鼻筋は通っており、いつも微笑んでいるような顔つきで——絵に

かいたような色男である。

京伝は、肩の凝らない作風で江戸じゅうの人気をさらっている戯作者で、下町《まち》の流行を創る寵《ちょう》児《じ》であった。

瑣吉はかつて、京伝に作品を読んでほしくて、自宅に押し掛けたことがある。

そのとき京伝は、思いつめた表情で原稿を差し出す瑣吉を見ながら、にこにこ笑って頭を掻《か》いた。

「困ったなあ。わたしは弟子などという野暮《やぼ》なものは取らないことにしているンですよ。そもそも戯作は、絵の合間にやっていた道楽なンだ。あなたも好き勝手に書けばいいンですよ。そんなに怖い顔をしなさんな……。そうだな、どうだろう、これからは友達として付き合いませんか」

京伝は、瑣吉の作品の批評は一切せず、仲間の絵師や戯作者、俳人や書肆といった業界の者に引き合わせてくれた。

それは京伝の、江戸っ子らしい気遣いであった。

しかし、それは瑣吉にとって、つらいことでもあった。

瑣吉は人付き合いが苦手である。遊びを知らず、酒もあまり飲まず、博打《ばくち》もやらず——ただ京下りの書物に親しむのが好きな、内向的な青年であったのだ。

京伝は、

「どうもあなたは生真面目《きまじめ》でいけない。戯作者になりたいのなら、遊びのつきあいも知っていなければなりませんよ。野暮な人には野暮なものしか書けないのだから」

と言ったが、瑣吉はどうしてもうまく遊べない。

そもそも、通だか粋人《イキ》だか知らないが、よく知りもしない人間と会っては初対面で冗談を言いあい、シャレをぶつけあうことが、面白いとは思えない。

瑣吉は宴席に出るたびに、不器用な自分を省みては落ち込んでいた。

(真面目のどこがいけないんだ。物書きが、どうして世渡り上手でなけりゃあならないのか。遊びなんか、どうでもいい。わたしはただ、書きたいだけだ)

敬愛する京伝が、吉原で遊ぶのも、気に入らなかった。

吉原の御女﨟だろうが花魁だろうが、所詮は、カネで体を売る売婦にすぎぬではないか。汚れている。——そんな思いが、心の奥底から抜けない。

野暮と言えば、野暮。それが瑣吉の性格だった。

不満げな瑣吉の顔つきを見た京伝は、しょうがないな、という顔をして言った。

「瑣吉さん、肩の力を抜きなさい。そんなに気張ったって良い戯作は書けませんよ。今夜はわたしたちと登楼しよう。酒と女と唄に花とシャレようじゃありませんか」

「はあ」

「それにな——」

そっと、瑣吉の肩を抱き、

「今宵は特別な宴なのだよ。大文字屋の花魁、白縫《しらぬい》を相伴《しょうばん》させる。まったく蔦重さんも張り切ったもんだよ」

と秘密を打ち明けるように言った。

「この山東京伝も、初めてお目にかかるのだ。カネを積んだって滅多に会えるモンじゃない、話題の美妓だぞ」

「そんなに美人なのですか？」

「美人らしい。だが、白縫が持《も》て囃《はや》される理由は、それだけじゃない」

「それだけじゃない？」

「白縫には妖力があってな——男の明日が、見えるのだという——」

その口調に、瑣吉は思わず息を呑んだ。

「相手が金持ちだろうがなんだろうが、千里眼でそいつの明日を見抜いてしまう。榊《さかき》田《だ》伯耆守《ほうきのかみ》の一件を聞いているかい。伯耆守は白縫に夢中になり、大金を積んで口説いたが、白縫は全く応じなかった。榊田様は一年も経たぬうちに国元の不始末で改易さ。蠣殻《かきがら》町の上総屋《かずさや》が夜逃げした話も有名だな。白縫は上総屋の誘いには決して乗らなかったそうだぜ。——いっぽう、尾張の中《なか》埜屋《のや》は、今にも潰れそうな田舎《いなか》の酒屋だったが、なぜか白縫は贔屓《ひいき》を許した。今や中埜屋は、酢やみりんに商売換えして大儲けだ。白縫を抱いた男は、必ず成功するのだそうな」

京伝は真剣だった。

瑣吉はうんざりした。

吉原に、このような話はいくらでもある。

楼主が自分の店の女臈を売り出すために、話を創って流布させるのである。

主人の重三郎が、楼主たちと『吉原細見』に書く女藺の釣り書きの相談をしているのを見たことがある。顔立ちが優しいから京の生まれにしておこう、だの、この子は鉄火肌がいいな、だの。昔は武家のお姫様だったとか、吉野の生まれで霊験《れいげん》あらたかな題目を唱えることができるとか、なんでもござれだ。

尊敬する京伝が、それを真剣に信じている様子であることに、がっかりした。

「宴の最後に、花魁本人に今宵の相手を選んでもらおうという趣向だ。集まるのは、今はわが世の春と浮かれている売れっ子ばかり。その男どもの明日の姿を、白縫に見抜いてもらおうというのさ――。面白かろう」

「はあ」

瑣吉は生返事をする。

(とんだ茶番だな)

瑣吉は思った。

主人の重三郎は、こういったことを仕掛けて、江戸の流行を創るのが得意である。

宴席で面白いことが起きれば、それを世間に流布させて本を売る。

(しかしまあ、手伝うしかあるまい)

大文字屋は、吉原の京町一丁目にある大手の妓楼である。

夜になれば、表の張見世に美女が並び、一番搾りの高級油をふんだんに使った明るい行灯《あんどん》を煌々《こうこう》と照らして威勢を誇る。

その一方で、昼間に瑣吉が行商で訪ねる内証は殺風景な造りで、とても質素だった。客に見えぬところにカネは使わない。

大文字屋の裏の板間で瑣吉を待っている少女たちの顔を思い出した。みな十代のかんばせ。売られてきたばかりで、ろくに衣服も化粧品も与えられていないのだろう。彼女たちの無邪気な横顔を思い浮かべ、瑣吉の胸は痛んだ。

（あの娘たちが、夜になれば着飾って、金持ちの中年男たちに体を売る――）

そう思うと、やりきれない。

（物語を書いている京伝先生は好きだが、吉原で遊ぶ先生は嫌いだ）

二十七にもなって、瑣吉はそんな子供のようなことばかりを考えている。

◇

夕方、暮れ六つの鐘が鳴り、思い思いの衣装に身を包んだ粋人たちが見世の広間に集まり始めた。

三十年前までは、一度揚屋《あげや》に宴を張り、花魁道中を待つのがしきたりだったらしいが、今では誰もそんな面倒はしない。直接ふらっと、雪駄《せった》をちゃらちゃら鳴らして茶屋から妓楼に上がる。それが今風の『通』とされた。

まず、大黒天の扮装で現れた優男《やさおとこ》は、天明狂歌連の重鎮、大田南畝《おおたなんぽ》（四方赤良《よものあから》・山手馬鹿人《やまのてのばかひと》）。幕臣で、いわゆる粋人の筆頭である。

次に、僧侶の格好の元木網《もとのもくあみ》と、頭巾姿の朱楽菅江《あけらかんこう》。いずれも狂名と言われるフザけた筆名を名乗っている。

軽口剽軽芸の立川焉馬《たてかわえんば》が、桃太郎の扮装で現れたときは、一同、爆笑であった。

きゅうりを持って河童を模した緑の衣装で現れたのは、天邪鬼《あまのじゃく》で鳴らした変わり者の戯作者唐来三和《とうらいさんな》。紺色の茄子《なす》の衣装は、自ら狂歌連を率いて大田南畝の向うを張る唐衣橘洲《からころもきっしゅう》。最後に絵師の喜多川歌麿《きたがわうたまる》が、恥ずかしげに南蛮帽子でやってきた。彼は今が盛りの人気絵師であり、通油町の耕書堂本店の書斎をわが物のように使っている。重三郎のお気に入りであった。

いずれも『通』を極めた文人・絵師たち。

これだけの人間を一手に集めることができる書肆は、今や耕書堂だけである。重三郎は得意満面であった。

「さてさて、江戸を席巻する粋人たちが一堂に集まりましたな。今宵は煩わしい浮世を忘れ、天界の戯《たわむ》れとシャレましょう」

そう言って手をたたくと、女たちがわっと座敷に飛び込んできた。花魁が出座する前に、下《しも》の芸者たちと音曲《おんぎょく》を入れて座を盛りあげさせるのも『通』の手管だ。

「さあ、やろう」

思い思いのおふざけ衣装に身を包んだ粋人たちは、重三郎が配る短冊を左手《ゆんで》に、瑣吉が配る筆を右手《めて》に、シャレを考え始めた――。

悪ノリで有名な大田南畝が、得意げに口火を切る。

「こは粋人の集まりぞ。力をぬいて、屁《へ》の歌と行こう。『おはしたな　竜田《たつた》が尻の紅葉花《もみじばな》　うすくこく屁の　晒《さら》す赤恥《あかはじ》』——どうだ」

竜田山の赤い紅葉と、屁の赤恥をかけた狂歌。言葉遊びに意味はない。

みな、あははと笑いながらも、

「さすがは赤良殿。負けてなるものか」

と袖をたくしあげ、首をひねり、必死の体《てい》となった。

しかし山東京伝は騒ぎの中、皆に追従するわけでもなく、かといって斜に構えるでもなく、ゆったりと杯を傾けながらニコニコと座の空気を楽しんでいる。

そして、笑いを含んだ声でこう言った。

「わたしも一首。——『げに酒は　憂《うれ》ひを払う箒《ほうき》なれ　掃《は》いては塵《ちり》に　勝る汚さ』」

酒という箒は、はけばはくほど汚くなるぞ、と、こういうわけだ。

くだらない。

しかし、その頭の回転の速さはどうだろう。

酒を箒に例えるのは、北宋の詩人蘇軾《そしょく》の『洞庭春色詩』から取ったもので、同じ駄洒落《だじゃれ》でも南畝のそれよりも粋に感じた。

大田南畝が時流に乗ったおふざけが売りであるのに対し、京伝は歴とした『作家』であり、玄人《くろうと》受けする筋の通った意匠で確かな実績がある。——瑣吉は、そのことに京伝の凄みを感じた。

京伝は元もと、北尾政演の名で美人画の大家鳥居清長《とりいきよなが》と双璧を成すと評された絵師である。それだけでも凄いのに、その仕事は絵にとどまらぬ。根付の意匠、煙管《キセル》の雁首文様、町娘の着物の柄、簪《かんざし》と新しい髪型、手ぬぐいの図案と、多岐にわたった。

勧められるままに戯作を始めると、軽妙なうえに鋭く庶民の哀歓をついた、『真実情文桜《しんじつせいもんざくら》』『孔子縞于時藍染《こうしじまときにあいぞめ》』といった物語を、気負わずさらりと出してくる。

創作に苦しむ気配は、毛ほどもない。

その才人が今は、おちゃらけた顔で鼻の頭に墨を付け、娼妓の裾に手を入れながら、いいではないか、などと戯れていた。

その洒脱な姿を見ていると、瑣吉はいつも自分が嫌になる。

比ぶべくもないことだとは分かっているが、比べずにおれない。京伝は瑣吉と同じ深川の出身なのだ。なぜこんなに違うのか。

自分ほど、物語を書きたい、戯作者になりたい、と足掻《あが》き苦しんでいる者はいない。しかしそんな自分は一行も書けず、京伝のように、戯作なんて余芸だよ、自分は単なる遊び人さ、と嘯《うそぶ》いている男が、さらさらと人の心を打つ戯作を作り出す。

なんとこの世は理不尽なのか。

(――本当は自分だって、京伝先生のようになりたい。なりたいんだ)

時々、胸を掻きむしられるような思いで、叫び出しそうになる。

しかし今は、宴会の騒ぎの中でひとり、硯《すずり》を替えたり墨を摺《す》ったりと忙しく立ち働いていた。

心の奥に隠した屈託が顔に出ないよう、必死で体を動かしている。

するると、女中が近づいてきて、言った。

「まあまあ、手代様。そのようなことは私どもでやります。どうぞ、お呑みになってください」

「い、いいのだ。わたしは若輩で戯作家の身分ではない。先生方の手伝いをしているだけで充分。どうか働かせてくれ」

「そんなこと言わずに」

杯を持たされる。

部屋の隅で言い争う様子に気付いた重三郎が、遠くから鋭く言った。

「女中殿の言う通りだ、瑣吉。妓楼に来て真面目に仕事にいそしむなんざァ、野暮の極み。辛気臭い顔しておらんで、先生がたの相手をして、楽しくやれぃ！」

「た、楽しく――？」

瑣吉は杯を持たされて、おろおろと混み合う広間を右往左往する。

酔っぱらって、墨筆で娼妓の乳房に落書きを始めた男たち。

いつものバカ騒ぎが始まった。

「あっはっはっは」

「さあ、若いの。こっち来て、どんどん呑め」

酔いに乱れ始めた酒宴の真ん中で、あくの強いオトナたちに取り囲まれて、がぶがぶと酒を呑まされる。化粧の匂いのきつい年増の胸に顔を押し付けられた。

（ご、ご勘弁を）

そう思いながら、酒と、あちこちで焚かれる南蛮煙草の甘い香りが、瑣吉の思考の力を奪っていく。べんべんとどこからか三味線の音曲が聞こえた。わっはっは、という笑い声が、近くから聞こえる。呑まされ、吸わされ、踊り、笑い——どれ程時間が過ぎただろうか。

瑣吉はいつの間にか、手に紙片を握らされているのに気が付いた。

嫌な予感がする。

調子よく踊っている芸者や重三郎の後ろ姿、手拍子を打つ戯作者たちの影。

それらに背を向け、行灯に近寄り、瑣吉はそっと手を開いた。

——そこから　逃げなん之

「ぎゃっ！」

瑣吉は、思わず叫び声をあげた。

誰だ！　——汗だくになって、顔をあげる。

高い壁に囲まれ、青楼《せいろう》の不夜城《ふやじょう》と呼ばれる吉原。ほんの南北百三十五間、東西百八十間の塀内に、妓楼がひしめくように立ち並んでいる。日本中の酒と美食と、贅《ぜい》を極めた衣装に歌曲——狂ったようなその乱痴気騒ぎの中の、常軌《じょうき》を逸《いっ》した宴席。その中で酒を呑み、見知らぬ女の胸に顔をうずめている自分。

吉原京町一丁目、名高き大文字屋の広間。

世の男どもは、一度はここに上がりたいものだと夢を見るという。世間の男はさもあろう。しかし、それが瑣吉にとって面白いのかというと、まったく別の問題だ。誰かのカネで美妓を見たって、誰かの手引きで売れっ子と呑んだって、面白くなんかあるもんか。

書きたいものがある。書けるはずのものがある。わたしはそれを書きたいだけだ。子供の頃から この心の裡《うち》にある、このどうしようもないナニモノかを文字にして吐き出してしまいたいだけだ。でも、その方法がわからない。わからないんだ！

（誰だ。誰が、わたしの心を覗いているのだ？　口に出したことなど一度もないのに）

瑣吉は眩暈《めまい》に襲われ、頭を押さえた。

そのときだ。

宴も闌《たけなわ》と見た重三郎が立ち上がり、大声で言った。

「さてさて皆様。今宵は耕書堂の席にご参集賜りまして、恐悦至極《きょうえつしごく》にございます。これからもご健筆を振るわれ、玉稿をお預けくださいますよう御願い申し上げます。この重三郎、誠心誠意を持ちまして皆様の本を世に送り出し、また売りに売って、皆様の名前を世間に広めてご覧に入れまするる」

「おう、頼むぞ、蔦重」

「いいぞ、いいぞう」

元木網、朱楽菅江あたりの戯作者たちが、おちゃらけた声をかける。

「さて――」

重三郎は、声を低くして言う。

「いよいよ、皆様お待ちかね、本日の趣向にございます」

その言葉に、ピンッと場の空気が引き締まった。

男どもが、急に押し黙る。

静まった宴席に、別の座敷からの笑い声と音曲がひときわ大きく響いてきた。

重三郎は、声を張り上げる。

「さて、吉原で一番の大文字屋におきましても、花魁の中の花魁。カネを積んでも現れぬと評判の白縫姫。手前、楼主をはじめ吉原の七ヵ町の町衆と周旋《しゅうせん》のうえ、しかるべき筋へと日参し、やっと今宵の御出座の約束を取り付けることができました。さて今宵は特別な夜にございます。覚悟はよろしいでしょうか」

白縫は、すべてを見抜くと言われている。

カネを積もうと、身分があろうと、男のマコトが見抜かれてしまう。大名でも富商でも、つまらぬ男と見抜かれれば没落が待っている。今をときめく文筆家も同じだ。虚勢を張っても丸裸である。

お前は偽物だ――その女が口にしたとたん、その噂は江戸中に広がり、今の地位を追われるかもしれぬ。

粋人どもは、顔を見合わせ、黙りこんだ。

「よろしいか――」

改めて、重三郎は言う。

重三郎は意地悪だ。普段は文筆家どもを先生先生と持ち上げているくせに、いざとなれば、貧弱な虚栄心だけの男たちだと見抜いている。

「えーい、構《かま》わねえ。勿体《もったい》付けねえで、早くその女を見せろ」

たまらず言ったのは軽口剽軽芸の立川焉馬だった。焉馬は相生《あいおい》町に住む大工の棟梁で、体が大きくて喧嘩っ早い。線の細い戯作者どもとは根が違った。

「吉原でも一番だってぇその美妓《をんな》、この両の目ン玉で拝んでやろうじゃァねぇか」

重三郎は、にっこり笑って言った。

「はい、承知いたしました。では、今宵の宴のマコトの趣向。吉原で一番の花魁、白縫を迎えます」

女中や若《わか》い衆《し》が一気に広間に入ってきて、宴席を清めはじめた。客どもは、それぞれの膳の前に引き下がって、酒を舐めながら準備が整うのを待っている。

汚れた膳だけではなく、屏風も行灯も蠟燭《ろうそく》も新しいものに入れ替えられた。大きく開けられた上座には、紅い高行灯がふたつだけ、静かに灯された。

◇

薄暗い広間の中で、身を潜め、客はじっと女を待っている。やがて、廊下の先からチリーン、チリーンと鈴の音がしてきた。するすると廊下を進む音がして、さらりと襖《ふすま》があけられる。

そこに立っていたのは、赤い着物の禿《かむろ》を従えた、背の高い、真っ白な装束の花魁であった。

「う……？」

「……お、おお……」

座にいた男たちは、思わず息を呑む。

美しい――。

ただ、それは男好きするような、艶のある美しさではなかった。

つるりと陶器のような白い肌に、焦点の合わない瞳。上下整った唇の真ん中に、鮮やかな紅を大ぶりにつけ、髪は立兵庫《たてひょうご》ではあったが古風な勝山といった感じに崩している。櫛の数が少なく、飾りも地味で止め櫛が妙に目立つ。手足は細く首は長く額は狭かった。

「こ、これが白縫？」

山東京伝が、思わずうなった。

花魁はモノも言わず、頭も下げず、禿にかしずかれるままに進んで、奥に、ぽん、と座った。ちょうど、血の色の椿の花の茎をばちばちと鋏《はさみ》で切って、一輪のみを裸にして床《とこ》にぽつりと生《い》けたような感じであった。

何を話すでもない。

ただそこに在《あ》る。

生きているのか？

息をしている様子がない。

一同が息を呑んで見ていると、重三郎が前に進んで、芝居じみた口調でこういった。

「白縫姫――。今宵は御顕《あらわ》れ賜り、この蔦屋《つたや》重三郎、心より御礼申し上げ奉ります。手前匹夫ながら父の代から吉原にて書肆を営み、様々なる美妓を見て参りました。が、あなた様のような美妓は初めて。宴席に連なりたる男どもの明日を見抜き運命を見切る千里眼とか。明日のない男は、どんなにカネを積まれようと、どんなに身分が高い相手だろうと、相手にすることはないそうな」

息を大きく吸い、声を改め、

「今宵ここに揃いましたる八名は、わが耕書堂において健筆を振るわれる先生方でございます。この蔦屋重三郎、先生方の腕を疑う気持ちは毛ほどもございません。ただ、今宵はほんの戯れに、どの先生に特に将来があるものか、千年残る物語を創られることになるのはどなたなのか、ご神託を賜れれば幸いと存じます――」

重三郎の後ろに控え、手をついて頭を下げている瑣吉は、ひやひやした。

主人の度胸、商才、弁舌の才、いずれも一流で並ぶものがないことは知っている。だが、目の前に売れっ子の文筆家を集めて、品定めするような物言いで口上を述べている。こんなことが許されるものなのか？

ここに集まった戯作者たちは、それぞれが一家を成し、肩で風を切る男どもだ。いかにシャレへの間口の広さを売りにする粋衆とはいえ、あんまりではないか。

瑣吉はそっと顔をあげて、出席者どもの脂ぎった顔を見た。

山東京伝、大田南畝、立川焉馬、元木網、朱楽菅江、唐来三和、唐衣橘洲、喜多川歌麿。――

これだけの才能が集まれば、今の江戸では、どんな物語を生み出すことも、どんな流行を創り出すこともできる。

しかし男たちは、青い顔をして、じっと白縫の目を見ていた。

まるでその妖気に、力を吸い取られてしまったかのように。

（千年残る物語——）

平安の昔に創られたという『源氏物語』や『伊勢物語』は、今なお、貸本の人気筆頭である。確かに、それに匹敵する物語は、いまだに現れていないように思える。瑣吉は息を呑んだ。

すると、薄暗いあかりがふわりと揺れて、白縫のよく通った鼻の影が、真っ白な頰の上で揺れたように見えた。

白縫は、すっと立ち上がり、真っ黒な瞳を、広間に座る男たちの上に向けた。そして、焦点の合わない目で中空を見つめていたかと思うと、ゆらりと右手をあげ、扇を持って、一人の男を指さした。

「な、なんと」

「そんなことがあるのか」

座が、ぐらりと揺れた。

白縫が指をさしたのは、下座にちんまりと控えている、手代の瑣吉であった。

◇

（弓張月《ゆみはりづき》だ）

瑣吉は思った。

大文字屋の中庭に設《しつら》えられた小さな離れの明り取りの格子戸越しに、見事な上弦の月が浮かんでいる。

（何か変だ――）

その月は妙に明るく、ぺたりと書割に貼られた作り物のように見えた。

理由はすぐにわかった。普段見上げている月は星空の中に浮かんでいる。しかし吉原は一晩中煌々と明かりがともされ星が見えない。だから月が、真っ黒な布に貼られた紙のように見えたのだ。

（妙だ――なぜ、こうなった？）

酔いが抜けぬ頭で、考える。

宴席で白縫に指名された瑣吉は、混乱したままこの離れまで連れてこられた。檜の湯舟があり、真新しい畳の上に、驚くほど軽くてなめらかな絹の布団が敷かれている。嗅いだこともない上等の香が焚《た》き染《し》められた身分不相応な部屋だった。

（先生方は、今頃どうしていらっしゃるのか）

江戸でもその名を知られた名士たちが居並んだ宴席で、大それたことになってしまった。明日重三郎に、どんなにお叱りを受けることになるのだろう。接待すべき先生方を差し置いて、下働きが出しゃばるとは――。

すると、行灯のあかりが、すっと揺れた。

ふと、目玉だけを動かして見ると、音もなく美妓《をんな》が座っている。

「白縫に、ございんする――」

闇の中にあってよく見えぬが、確かにそれは白縫だった。

さきほどの宴席とは打って変わって、頭の笄《こうがい》をはずし、髪をだらりとおろしている。息を吹きかけたら消えてしまいそうな、色のない真っ白な薄絹《うすぎぬ》の襦袢《じゅばん》である。何か香油でも塗っているものか、全身から、くすぐるような甘い芳香が漂っていた。

常ならぬものを見たようで、瑣吉はうろたえた。

すると白縫は、すっと近づき、顔を寄せた。

明るい月の光の輪の中に、整った顔が浮かび上がる。

「あ――」

瑣吉は思わず息を呑んだ。

今までの暮らしの中で、ほとんど女性に触れることのなかった瑣吉は、その美しさに度肝を抜かれた。黒々と濡れた瞳。かわいらしく盛り上がった鼻梁《びりょう》の絶妙な曲線。ぷくりと突き出した柔らかそうな唇がぬらぬらと濡れ行灯の明かりに揺れている。こんなに美しい生き物がいたものか。

（おんな、だ――）

瑣吉は、ごくりと喉を鳴らした。

白縫は、肩を悩ましげに揺らして襟を開き、ふたつの豊かなふくらみを、ぐっと瑣吉の胸に押し付けてきた。あっと慌てた瑣吉の唇を、そっと人指し指で押さえて、自らの柔らかい唇を、ぬめりと押し付ける。

(うッ……)

目の奥が、ちかちかと光って、頭がぼうっとした。

「わかりんすか?」

言われた瑣吉は、その顔をじっと見て考える。——そして、やっと、

「あっ」

と小さなかすれ声をあげた。

昼の九つ——まだ明るい吉原京町一丁目の、裏路地から大文字屋の内証に入ると、いつも薄暗い階段の一番下に頰杖をついて瑣吉を待っていたあの少女——。

ご女薦の若い見習いなのだろうと思っていたが、違ったのだ。

「——あ、あなたが、白縫花魁?」

「へえ」

細い指先で、瑣吉の胸元をまさぐりながら、美妓は言った。なんたることだ。昼間とは、全然違う顔ではないか。

「と、とんでもない悪戯《いたずら》をなさることです。明日、どれだけ主人にお叱りを受けるかわかりません。馘《くび》になってしまうかもしれません」

すると白縫は、瑣吉の鎖骨を甘く噛みながら、低い声で言った――。

「誠になれば、ようございいんせんか。マコトはそれを、お望みでありんしょ?」

「えっ」

瑣吉は驚いた。

思わず、さきほど袂に隠した書付を左手でまさぐる。

――そこから　逃げなん之

どっと汗が出る。顔を上げて、もう一度、白縫の顔を見た。目の虹彩《こうさい》が、碧《みどり》がかったような、見たこともない色をしていた。

「昼間の、読本好きの子供のわっちが、花魁でありんすことは、マコト――」

瑣吉は女との経験がない。引っ込み思案で女を買うことができるような性質《たち》ではなかったし、元は武家なので町中で娘との出会いがあったわけでもない。甘い息で、耳たぶを舐《な》められながら、両手で下腹をまさぐられると、頭がどうにかなりそうだった。

「そして『千里眼』もマコト――」

そんな言葉が、まるで遠くからの声のように聞こえる。

「わっちはね、男の明日が見える。一目見ただけで、男の背中にその運命が見える」

恐ろしいことを聞いた、と瑣吉は思った。

「ご主人様」

「ふ」

「京伝先生」

「ふふ」

「南畝殿、焉馬殿……」

「ふふふふ」

白縫は、瑣吉の胸乳《むなぢ》を細い指先で触れながら、意地悪く笑った。

「あん人らはね、あと少しだけ。得意の天下も、すぐにおしまい」

ささやくようであるのに、心の嫌《いや》なところに触れるような不思議な声——。

「お主サンは、あっこを出る。瑣吉という名前も、捨てる……」

『瑣吉』は、武家の身分を捨て商家の手代に入ると決まったとき、自分でつけた名前だった。この女はそれを知っているのか？　心の中を読まれている。助けて。助けてくれ。

しかし、長い手足が、瑣吉の首や足にからみついて、離れない。

「お主サンにゃァ、他に名前があったでありんしょ？」

「げ、戯作を書いて、初めて京伝先生にお会いしたときは、左七郎。そのあとは大栄山人《だいえいさんじん》——」

「それらの名ではありんせん。その、前の名前がありんしょ？」

その前？　その前の名前など、京伝も重三郎も知らない。

深川に住んでいた子供の頃に名乗っていた若気の至りの雅号ならある。しかしその名のことな

ど、誰も知らないはずだ。

「マコトの名に戻って、ウソは全部、捨てるんがよろし。京伝先生とも重三郎殿とも離れて、ただひとりになりなんし。マコトがあれば、ひとりでも大丈夫」

京伝と重三郎は、瑣吉と戯作出版の世界をつなぐ細い糸であった。少しでも戯作にかかわる人々とつながっていたいと思っていた自分は、間違っていたというのだろうか。

「ハナっから、わっちにゃア、見えていんした」

麝香《じゃこう》の香り――。

暖かい美妓の体が、瑣吉の体に巻き付いて柔らかく動いている。

「だから今宵は、わっちが仕組んだとおりに、なりなんし」

弓張月の光の中に浮かぶ、やわらかな曲線を描く体に、まとわりつくものは何もなかった。ちろちろと柔らかい唇で、瑣吉の指を弄《もてあそ》びながら言う。

「お主サンが見てきたものなんて、あの月の半分だけ。でも本当は、あとの半分に大事なものが隠れてゐやしゃる。わっちの昼の顔を知っているお主サン……。今宵、残りの半分を見せなんしょう」

ちりりと行灯の芯が焦げる音がした。

「捨てて、捨てて、それでも残るものがある。それがお主サンでありんすえ。マコトに戻って、子供の頃の夢の通りに、戯作者になってくだしゃんせ」

瑣吉はされるがまま、格子の向こうに浮かぶ弓張月を、茫然と眺めていた。

◇

一ヵ月後。

瑣吉は耕書堂の書庫で、本を選んでいた。

重三郎に、餞別に一冊くれてやるから欲しいものを選んでおけと言われたのだ。

本の山から『雨月物語』を取り出し、ぱらぱらとめくって手を止める。あの付箋が挟まっていたところに、僅《わず》かに墨が染み残っていた。

(ここに、最初の一枚が挟まっていた――)

瑣吉は、書棚の間に座って、その部分を読み始めた。

紀州熊野に住む若者が、雨宿りの軒先で、絶世の美女『県《あがた》の真女児《まなご》』に出会う。その正体は異界の物《もの》の怪《け》『白蛇』なのだが、若者はそれと知らずにこれに魅入られ、その人生を狂わせていく――。

(ああ)

以前と違う。この物語の意味が、以前に読んだ時とは全然違う色合いをもって、瑣吉の胸に強く流れ込んでくる――。瑣吉はそっと懐中の紙入れから、あの付箋を取り出し、そこに戻した。

「瑣吉さん、いるかい?」

外から声をかけたのは、山東京伝だった。

「蔦重さんから聞いたよ。耕書堂を辞めるのだって?」

瑣吉は、本を持ったまま店表へ出て、頭をさげる。

「へえ――。せっかくご紹介いただいたのに、申し訳ありません」

「そんなこたァ、いいンですがね」

そこへ重三郎もやってきた。

店の前に置かれたわずかな荷物を見て、大声で言う。

「どうやら引っ越しの支度も終わったようだなァ」

そして京伝を見つけ、

「あれ、先生。お運びありがとうございます。どうにも若い衆は腰が据わりませんな。こいつときたら、やっと商売を覚えたところだってぇのに辞めるなどと言いまして」

と、頭をさげた。

「はいはい、今、ご本人から聞きましてございます」

京伝はにこにこと頷いたが、ふと、瑣吉の顔を覗き込み、刺すように言った。

「瑣吉さん。あなた、あの夜のことを気にしているんでしょう?」

「え?」

「悪気はなかったンですよ。戯作に苦しむあなたを、なんとか励ましてやりたい。それだけだったんです」

「あ――」

瑣吉は慌てた。

それを聞いた重三郎が、驚いたように目を剝く。

「何ィ？　そうなのか？　なんだよ情けない。そんな話なのか？」

「いえ、決してそんな」

「ありゃァ、酒席のシャレじゃァねえかよ。あれを気にするなんて、どうかしているぜ」

重三郎は眉をあげて、腕を組んだ。

「そもそも言い出しっぺはこっちじゃねえ。白縫よ。次の『狂歌の会』の趣向をどうしたもんかって大文字屋で相談していたとき、禿《かむろ》が使いに来てな、手紙をもらったんだ。そこにはこう書いてあった。昼に貸本に来る耕書堂の手代さんを、わっちは子供のころから知ってありんす、とな」

ちくり、と胸が痛む。

「お前《めえ》、深川の出だよな。それで——」

「はい。よくよく考えて思い出しました。わたしが育った深川に、源　為朝《みなもとのためとも》公ゆかりの白縫神社てぇ古い御社《おやしろ》がありまして、裏の貧乏長屋に可愛い女の子が住んでいました。器量がいいって評判で、吉原から大金を積まれて修業に入らないかって話があったんです。その子がその後精進を重ねて花魁になったってわけで……」

「うむ。禿が言うには、他ならぬ白縫が、先生方をさしおいてお前を相方《あいかた》に選ぶのはどうかと言っているというわけだ。そりゃァ面白いってんで、趣向を決めたのさ」

「…………」

「誰も悪気があったわけじゃねえ。シャレの利いた趣向と美妓《をんな》で、若いお前を元気づけてやろうってだけさ。翌朝みんなで朝寝をからかったのは御愛嬌。種明かしのシャレじゃァねえか。あれ

しきのことで辞めるなんて、そんなひ弱《よわ》な性分で、どうやって世間様を渡ろうってンだ？」

「わかってます。そんなことで辞めるわけじゃないですよ」

瑣吉は、笑って答えた。

「ただ、ひとりきりになって、戯作を書く時間を作りたくなった。それだけです」

京伝が横から、優しく聞いた。

「筆名《おなまえ》を変えるつもりだって聞きましたよ」

「はい。子供の時分に深川で使っていた名を使おうと思っています」

「なんて名なのですか？」

「馬に琴でバキンっていいます。こいつはマ、コ、ト、と読める。わたしは昔から、子供のくせに面白みがない真面目のマコトさんとからかわれてきた。仲間うちのシャレがわからず、町内でも、いつもバカにされていた。でも、それがてめえのマコトならば仕方がない。せいぜいマコトを名乗って、恥をさらして参ります」

「それで『馬琴《バキン》』か――」

重三郎は複雑な顔をした。

「ご主人、そんな顔をなさらないでください。わたしは嬉しかったンです」

瑣吉は大きく息を吸い、明るく笑って言った。

「白縫――いいオンナだったなあ。夢のような夜だった。わたしは、あの一夜で生まれ変わったような気がする」

「そう思ってもらえるか」

「当たり前です。たとえ悪戯だろうがシャレだろうが構わない。あんないいオンナが、あなたはいつか千年続く物語を書く、と言ってくれたンですからね」

あの夜——。

ふたりきりになったあとの白縫を知るのは、自分だけだ。

マコトの名に戻って、ウソは全部捨てるのが良い。

捨てて、捨てて、それでも残るものがある。

他の誰かの言葉より、彼女の言葉を信じてみたかった。

瑣吉は胸に手をあて、昼の裏路地で出会った読本好きの少女の顔を思い浮かべる。いつも薄暗い大文字屋の裏階段に座って、瑣吉が来るのを待っていた。

(昼と夜、どちらも、本物——)

それに自分は気づいてあげられなかった。

瑣吉は、呟くように言う。

「くそう。わたしにもっと力があれば、あの子をあの場所から救い出してやれたものを」

すると重三郎は、慰めるように言った。

「向こうも同じ気持ちかもしれねぇぜ。吉原なんかにいなけりゃ、同じ町内の育ちだ。なんかの間違いでお前の女房にでもなって、子供の頃の夢を一緒に追いかける人生《いきかた》もあったのかもしれねえって、なあ」

「……夢みたいな話ですね……」

そして手に持っていた『雨月物語』を開いて、挟んでおいた紙片を取り出し、じっと見た。

——なにをしてゐる　書きなん之

「何ですか、それは？」

京伝が覗き込む。

「いえ、なんでもありません」

瑣吉は、にこりと笑って本を閉じた。


この後瑣吉は、元飯田町中坂《なかざか》の草履屋に居を構え、地道に精進を続けてようやく三十歳を過ぎてから戯作者曲《くるわ》亭《で》馬琴《マコト》としてその名を知られるようになる。

地味ながら途切れることなくコツコツと新作の開板《かいはん》を重ね、やがて西の上田秋成と並び称されるようになった。

代表作『椿説弓張月《ちんせつゆみはりづき》』で文壇を席巻するのは十四年後。不朽の名作とされる『南総里見八犬《なんそうさとみはっけん》伝《でん》』に着手するのは二十年後。それを完成させるのは四十九年後のことである。

うかれ十郎兵衛

「景気が悪い顔をしてるな」

人ごみの中で声を掛けられ、重三郎《じゅうざぶろう》は慌てた。

芝居小屋の都座《みやこざ》と桐座《きりざ》を見て、通油町《とおりあぶらちょう》の自分の店に帰る途中のこと。

顔をあげると十郎兵衛《じゅうろべえ》だった。

小太りの体の上に、明るい笑顔が載っている。

(嫌な奴に会ったな)

重三郎は思った。

十郎兵衛は天明の昔、吉原で一緒に呑んでいた放蕩《あそび》仲間で、阿波蜂須賀《あわはちすか》家の能役者だった。能役者というのは、帯刀を許されぬ特殊な身分のサムライで、要は在府の官吏である。当時の趣味人の間では知られた男で、幕臣の大田南畝《おおたなんぽ》の尻にくっついて、やりたい放題やっていた。

絵の上手ではあったが、重三郎がいくら接待しても一枚も描いてくれなかった。松平定信《まつだいらさだのぶ》が老中になって吉原の弾圧が始まると、すぐに姿を消して見なくなった。口先ばかりでいい加減のくせに、妙に女にもて、おいしい話が好き。どこか腰が据わらない男だった。

だが、相手はサムライである。

重三郎はとろけるような笑顔を浮かべて、言った。

「これはこれは十郎兵衛殿、お久しぶりでございます。珍しいところでお会いしましたな」

「道端でつまらぬ顔をするものではないぞ」

「つまらぬ顔にもなりますよ。おかみの統制はますます厳しく、われら商人の暮らしは苦しくなるばかりですから――」

「ふうむ。わかるぞ。わが蜂須賀家でも、特産の藍《あい》の専売を強化した。間に入っていた商家を潰して、百姓どもに直接カネを渡すことにしたのだ」

「なんと。商家はお取り潰しですか」

「ご公儀の方針は、今や殖産よりも帰農。奢侈《ぜいたく》よりも倹約だ。虚業はつぶすのよ」

十郎兵衛は、鼻をぴくぴくさせた。

田沼時代はさんざん商家のおかげでおいしい思いをしたくせに、時代の風向きが変わった途端にこんなことを言う。

こちらの気にもなれ、と思った。

「やれやれ、わたくしども商家が、ますます貧乏暇なしになるわけでございますよ――では、急いでいますので」

重三郎は十郎兵衛をあしらい、そそくさと帰路を急いだ。

今日の重三郎は、それどころではなかった。

堺町の芝居茶屋に呼ばれ、難しい相談を持ち掛けられたのだ。

カネの話である。

今、江戸の芝居町は、未曾有の危機に見舞われていた。

昨寛政五年、奢侈禁止令により客足が減り、江戸に三軒のみ官許された芝居小屋のうち、中村座（中村勘三郎）と市村座（市村羽左衛門）が破綻した。双方とも二百年近い歴史を持ち、江戸の名物と言われた芝居小屋である。

衝撃的な出来事であった。

江戸の誇りがなくなったというだけではない。芝居小屋が潰れれば、そこで商売をする茶屋から台屋（仕出し屋）、居酒屋、床屋、駕籠《かご》屋の人足まで一蓮托生で倒れてしまう。

すぐに有志が仮櫓《かりやぐら》（仮興行のための免許）を申請し、許された。

それが都座と桐座である。

これに、存続している河原崎座（これも森田座の仮櫓である）を加え、かろうじて江戸歌舞伎は三座体制を維持したものの、奉行所の監視の目はますます厳しくなっている。奢侈と見ればすぐに取り締まりがあるだろう。

こんな状況で、芝居人たちは、今年はなんとしても興行を成功させねばならなかった。これ以上小屋をつぶすわけにはいかない。次に倒産が出れば、もう存続は許されまい。そうなれば役者も座主も路頭に迷う。

芝居町は、河原崎座の興行に、江戸っ子に一番人気の市川蝦蔵《えびぞう》を立て、新興の桐座と都座には

上方から看板役者を招聘することにした。

もう、なりふり構っていられない。

しかし、例年通り十一月に顔見世を行ったはいいが、役者が入れ替わったり、仮小屋で出火があったりして、てんやわんや。

いつもなら正月には舞台がこなれて座組が固まり、新春大歌舞伎で稼ぐことができるのに、今年は三月に入ってもバタバタと落ち着かない。

特に大変なのは都座で、半年遅れの五月興行で、大看板の沢村宗十郎が参加してくれることになり、ようやく一座の陣容が固まったようなありさまだった。

「――蔦重さん、どうかお力を貸してほしい」

都座の座主、都伝内《みやこでんない》は、重三郎を呼びだして、丁重に頭を下げた。

「やっと俺ンところも、まともな演《だ》し物ができる目途が立ったンだ。ここで失敗したら、後がない」

都伝内は、固太りで強面《こわもて》の、香具師《やし》の親分のような巨漢の男で、世間では毀誉褒貶《きよほうへん》が激しい人物だった。

念願の仮櫓に決まって、さあ一稼ぎするぞと意気込んでいるが、どうにもやりかたが乱暴で、なかなか事業が軌道に乗らない。

十一月（顔見世）、一月（新春）、三月と失敗続きで、いい加減五月になんとかしないとまずいというところまで追いつめられている。

できることならなんでもやりたい、と藁《わら》をもつかむ思いで、吉原遊郭の人気を再興したと評判の重三郎を呼び出したのだ。

吉原遊郭もまた、寛政の奢侈禁止令の影響をもろに受けたクチである。

重三郎は、今は日本橋で地本屋を営むが、元は吉原の生まれだ。困った楼主たちに相談され、自ら版権を持つ『吉原細見』（吉原の案内本）をタダ同然で江戸じゅうに配るという手に打って出た。

さらに無名であった天才絵師、喜多川歌麿《きたがわうたまる》を起用して『大首絵』という扇情的な花魁《おいらん》の絵を繰り出した。その裏で太客《ふときゃく》には、あられもないまくら絵（春画）を贈呈して懐柔する。

これら一連の策により、吉原遊郭は客足を取り戻したのだ。

「奉行所の奴ら、まだ俺たちを狙ってやがる。江戸の芝居を守るためにも、一年で破産するわけにゃァいかねえ。なんとしても五月は成功させなくちゃならねえんだ」

伝内は必死だった。

「芝居好きの金主は見つけた——あとは、どうやって興行を盛り上げるかだ」

それを聞いた重三郎は、正直危ない橋をわたりたくはなかった。

今のところ本屋商売は順調なのである。

だが、同じ江戸商人として、相談されて無視するのも義理が立たない。

「しかし、そういわれましてもねえ。——力になりたいが、あたしにできることがあるものかどうか」

重三郎は頭を抱えた。

とりあえず、明日会わせてくれるという狂言作者にいろいろ聞いてみよう、重三郎はそう思った。

◇

「重三郎ちゃんもたいへんね」

堺町の芝居茶屋のおかみ、枡屋《ますや》のお静は、あきれたように言った。

四十路《よそじ》の大年増だが、くりくりと大きな目が魅力的な美人だ。さっぱりとした気性で、話していると気分がいい。

「吉原の不景気がひと段落したと思ったら、芝居町にも呼ばれてさ」

「義理があるのさ。天明の昔、金に困ると役者絵を出させてもらったこともある。不景気になったからってそっぽを向くンじゃァ、江戸っ子の風上にもおけまいぜ」

「うん。頼りにしてる——体を壊さないでね」

お静はそっと重三郎の肩に手を載せた。

吉原の引手茶屋も、堺町の芝居茶屋も、商売としちゃ似たようなものである。重三郎は引手茶屋の育ちだから、修業時代から顔を見知っている。お静も堺町に嫁に来てからずいぶん苦労したと聞く。狭い世界の馴染み同士、戦友のようなものだ。

「その大作家先生とやらは来ているのかい？」

「二階でお待ちだよ。もう奥の間は貸し切りさ」

都伝内が苦労のあげく看板役者の沢村宗十郎を立てるめどをたて、脇に坂東三津五郎《ばんどうみつごろう》、瀬川菊之丞《せがわきくのじょう》を担ぎ出して座組を整えた矢先、頼りにしていた立作者（脚本家）の瀬川如皐《じょこう》が死んだ。

この緊急事態に慌てた伝内に宗十郎が推薦したのは、上方の人気作家、並木五瓶《なみきごへい》だった。

並木は大泥棒『石川五右衛門』を、白黒の法被を着たざんばら髷《まげ》の大男というふうに脚色して名を挙げた売れっ子作家だった。石川五右衛門と言えば、並木五瓶である。

伝内は、この並木を、三百両の大金を払って江戸に引き抜いた。

並木五瓶、このとき四十八歳。

江戸の芝居町としては勝負に出たわけだが、並木本人も、この年齢《とし》で江戸に下るのは相当の覚悟であったろう。

狭い階段を上がって、奥へ進むと、座敷の手前に、でっぷりとした都伝内が座っており、奥の文机の前には、髪の毛に白いものの混じった、こざっぱりと痩せた男が座っていた。

「おや、こちらはんは――」

男は重三郎を見るなり、明るく聞いた。

「お初にお目にかかります。耕書堂《こうしょどう》と申します」

「先生。この男は、吉原遊郭に客を戻したやり手でしてね。いろいろ知恵が回りますゆえ、芝居町の興行にも手を貸してもらおうというわけで」

「ほお。知恵袋というわけでんな」

「いえ、しがない地本屋でございます。ですが、江戸の町方で一日に三千両のカネが動くのは、一に吉原遊郭、二に芝居興行、三に日本橋市場といいます。商売の本場の大坂に比べりゃチンケなモンかもしれませんが、われら江戸商人にとって、この三つのうち一つでも欠ければ、大打撃なんでございますよ。田舎大名が気まぐれで出した奢侈禁止令なんぞに負けて、芝居の火を消すわけにゃァ行かねえンで」

「ふむ、ふむ。威勢のいいことでんな。そうでなけりゃァ、この並木五瓶が江戸までくだってきた甲斐もないというもの」

並木は、鼻をぴくぴくとさせて頷いた。

「先生、あたしァ昔、役者絵で日銭を稼がせてもらっていた時期もあるんだ。知恵を貸してもらいてえな」

「ふうむ——まず」

並木は腕を組んで言った。

「演し物は『仇討ちもの』がええやろ。仇討ちはどこへ行ってもウケるからな。一番人気の曾我兄弟ものや。ただ、わしがやるからには、普通の仇討ちにはせえへんで。裏切りにつぐ裏切りや。味方かとおもうとったら敵になる。敵かとおもえば味方にもなる。そういう脚本《ホン》や。まあ、任せておけ。なんやな、奉行所のお叱りはあったにせよ、シュンとしちゃあかんで」

「はい」

「差しさわりあってお披露目を派手にできないっちゅう話を聞いたが、芝居興行が派手にやらん

でどうするんや。町中のお練りや豆まきができんのやったら、別の手を考えるんや」

「例えば――」

「ふうむ。それやな――あかん、何も思いうかばへん。わしゃ作家や。お触れ散らしの類《たぐい》は素人やさかい」

あまりにあっけらかんとした言い方に、重三郎と伝内は、口をへの字に曲げて顔を見合わせた。

ふと見ると、並木の背後に文机がある。

何か書き物をしていたものか、文鎮に硯をおき、横には書見台を置いて、なにやら絵図のようなものが散らばっていた。

意匠のようだ。

紙には、走り書きのようなものがつらつらと……。

「先生、それは何ですか？」

重三郎は聞いた。

「これか？　これは、衣装方、看板方、書割《かきわり》組に出す指図絵や――早変わりをさせたいんで入念に作らんとな」

「ちょっと拝見」

重三郎は膝をすすめ、紙を受け取った。

「先生は、絵も描かれるのですか？」

「なにを言うとる。歌舞伎の狂言作家は、絵が描けにゃァやってられへん仕事やで。芝居は、座長役者と作家が話し合いながら作るもの。物語の筋を知っているのは、役者以外ではわしだけや。舞台に間に合うように、おのおのの親方に、衣装やら看板やら書割やらを発注せにゃならん。作家なら、みんなやるこっちゃ――」

「ふうむ」

重三郎は唸った。

飾りもそっけもない絵だった。実用一点張りの指図絵である。

芝居の設定にしたがって役者に着せた不思議な形の衣装に、襟は太くとか、模様は派手な格子でとか、細かく書き込まれている。

並木はかなりの絵巧者だった。

絵に描かれた主役の宗十郎から、わき役の三津五郎、女役の菊之丞、端役のひとりひとりに至るまで、まるで動き出しそうなほどにそっくりである。ただ、鷲鼻とか垂れ目、しゃくれや、眉間の皺まで、瓦《かわら》版の似顔のように強調されているから、本人が見たら怒りそうだが――。

(面白えじゃねえか)

重三郎は思った。

絵ならば重三郎の得意仕事である。これならできる。

「先生――。こいつを、錦絵にするってぇのはどうですか？」

重三郎は言った。

「へ？　こいつを？　こりゃぁ、裏方衆にわかりやすいように描いている指図絵にすぎひん。商売にできるような立派なもんやあらへんがな」

「いや、芝居通ってやつは、気取った絵よりも、こういう裏方の図面なんぞのほうが心をくすぐられるものなんじゃねえかな。ねえ、伝内さん」

重三郎が言うと、背後に座っていた都伝内は、興味をそそられたのか膝を進めて、言った。

「あんたが吉原でやった手だな――」

「いかにも。この特別な絵を、豪華な錦絵にして太客に配るのだ。伝内さん、あんたのお披露目にもよかろう？　伝内さんの絵も一枚差し込もう」

「ふん、ふん」

「そしてこいつを、ヒトが集まるところにも貼るんだ。おいらが扱う『浮世絵』ってやつは、書庫や文箱の奥にしまわれるもんじゃねえぜ。江戸じゅうの湯屋の二階、髪結い床の待合、茶屋や呑み屋の襖に貼られて、ひとの目に触れるものだ。効果は抜群だ。それにゃァ気取った今までの役者絵よりも、こういう、どこか傾《かぶ》いた、露悪な絵のほうが目立つってもんだ。新しいだろう」

「やるな」

「こいつを、一気に江戸じゅうに広めるんだ。楽屋オチを絵にする。通と呼ばれる連中は、そういうものが大好きだ――伝内さん。あんた、カネぐらい出せるんだろう？」

「効きめがあるってもんなら、カネは出すさ」

伝内は嬉しそうだった。

しかし、並木は不満そうに言った。

「確かに、摺り物でお披露目するっちゅうんは、大坂や京の小屋もやるこっちゃ。派手な催しものができへん今なら、なおさらやな。しかし誰が錦絵を描くんや？　わしは脚本《ホン》しか書かへんで。一年間みっちり書けちゅう約束やないかい。そっちの手ェ抜いて、絵にうつつをぬかしても、ええちゅうんかいな」

「そ、それは困りますよ、先生」

伝内が叫ぶように言った。

「ふうむ」

重三郎は、舌を舐めるようにして、

「じゃァ、この指図絵を、おいらのほうに回してくれるようにしてくれ。絵師はなんとかすらァ」

と胸を叩いた。

◇

「俺は、嫌《いや》だぜ――」

話を聞いた喜多川歌麿は、開口一番に言った。

神田弁慶橋の近く、歌麿の仕事場兼住居。

南天の植えられた庭に開け放たれた縁側のある座敷に通された重三郎は、鼻白んだ顔をする。

「よく話を聞きもしないで、そんな言い方をするもんじゃァねえよ」

歌麿の内弟子の月麿《つきまろ》が持って来た茶を呑んで、むせるような声で言い返した。

隣の部屋から、娘子のきゃあきゃあという嬌声が聞こえる。

当世一番の売れっ子絵師である歌麿は、町で見つけた美しい娘たちをとっかえひっかえこの家に連れ込んで、派手に暮らしていた。

目が切れ長で鼻筋の通った怜悧な印象の男で、江戸小紋を小粋に着こなしている。道行く女が振り返るほどの男前だ。

この男、二年前の寛政四年に『大首絵』と呼ばれる、斬新な構図の美人画を開板し、江戸の町方に衝撃を与えた。これは、人物の胸の上からだけを描くことで、美女の表情を大きく繊細に扱うというものである。

やがて歌麿は、名の知れた芸者や花魁だけでなく、町の茶屋などで働く素人娘を口説いては、好んで絵にするようになった。

そして、それらの娘は、ことごとく江戸の人気者になった。

とくに寛政五年に描いた両国の煎餅屋の看板娘『高島屋のおひさ』は爆発的な人気となり、江戸じゅうの若い衆が両国に押し寄せる事態となった。自分も浮世絵にしてほしいという娘たちが、歌麿の仕事場に押し寄せた。

これら歌麿の美人画の多くは重三郎の『耕書堂』から開板されており、大きな儲けになっている。

美人画に押されている重三郎の〈富士蔦〉の版元印が、おしゃれな町娘の象徴《しるし》とされ、富士蔦模様の手ぬぐいや扇子が発売されるほどだった。

重三郎は、膝を進めて言う。

「並木先生の絵を見て、すぐに思い出したのさ。勇助さん（歌麿の本名）の最近の吉原絵は、花魁が座敷で取り澄ましている姿じゃなくって、昼にだらしなく休んでいる姿や、仕事の合間に着替えているところ。舞台裏を描いたものばかりじゃないか。それがまた売れている。通と呼ばれる趣味人はそういうものが好きなんだろうよ。芝居もきっと同じこと。舞台の上で取り澄ました役者ばかりじゃなく、裏の顔を描くのさ。きっと売れる。それに今回は、都伝内さんからカネの約束まで取り付けてあるんだぜ。うまい話だと思わねえか」

「カネなら、もう、さんざん稼いでいるさ――」

歌麿は不敵に言い放った。

「それに、そいつァ、役者絵じゃねえか」

「それがどうしたよ」

「役者絵は、役者の名前で売れる。絵師の名前は不要だろう？」

「そ、それはそうだが」

「今、俺は、本当に自分が描きてえと思うものしか描きたくねえ。あんたならわかるだろう。最近の俺が描いているものは、女――なかでも名も知れぬ若手か年増の女﨟《じょろう》。町娘、茶くみ女、仲居、職工、人妻、未亡人。誰にも知られてねえ、無名の女ばかり。それを描くのが面白いんだ

――」

歌麿はまっすぐに言った。

「これぞという女を見つけ、そいつと話し、そいつの生き方や悩みを知って、深いところを描く。描いているときは、これは凄い絵を描けたと思うんだが、いざそれが世に出ると、こんなはずじゃなかったと思う。次の絵に賭ける。また新しい女を探して描く。今度こそ良い絵が描けたと思う。だが終われば後悔に襲われて、次はもっと描けるはずだと思う――その繰り返しさ。今の俺にゃァ無駄な絵を描いている時間はねえのさ。役者絵を描けだと？　今さら、蝦蔵の名前を借りて小銭を稼ぐなんざ、まっぴらごめんだね」

一点の曇りもなく言い切る喜多川歌麿の顔を見ながら、重三郎は、こりゃダメだな、と思った。

歌麿とは無名時代からの付き合いだ。

売れる前から絵師としての誇りが高く、絵に関しては一点の妥協もしない。これからという時期に江戸から姿を消して行方不明になったこともある。絵師としては扱いづらい男だった。昔から馴染みの版元が、おりいって頼みこんでいるのだから、ハイヨと軽く請け負ってくれればいいのに――。こうなるとテコでも動かない。

「わかった。あんたに頼むのはあきらめるよ。ただ、ひとつ。おいらは今回のこの仕事は、大首絵でやりてえ。あれは目立つからなァ」

「ああ、構わねえよ。確かに大首絵は俺の代名詞だが、ひとりで世に出したわけじゃァねえ。重

三郎さん、あんたとふたりで世に出したんだぜ。あんたがやる限りは気にならねえな」

きっぱりと歌麿は言う。

ああ、なんということだ、と重三郎は思った。

下絵は、ある。

構図も決まっている。

カネを出す旦那も決まっている。

だが、肝心の絵師が、決まっていない。

◇

日本橋通油町に帰ると、居並ぶ書肆は客でにぎわっていた。

そこに珍しい客があった。

堺町の芝居茶屋、枡屋のおかみ、お静であった。

お静は、店先に座って、改まったように言った。

「——重三郎ちゃん。あんた、阿波蜂須賀の斎藤様を知っている？」

「へ？」

重三郎は素っ頓狂な声をあげた。

「なんで、知ってンだい？　十郎兵衛だろう？」

「ふん。やっぱり知り合いね」

「なんで？」

「斎藤様は芝居がお好きな趣味人でね。うちの常連なんだよ。作家の瀬川如皐さんともずいぶん仲がよかったさ。それがこの前、ふらっと店に来てね、うちからあんたが出ていくのを見かけたんだが、どういう関係だと聞くわけよ。――俺は、昔から蔦重とはマブダチだ。吉原の狂歌連では気の知れた仲さ。だからいったい蔦重が芝居茶屋で何をやっているのか教えろ――と、こういうわけ」

「ふうむ」

「なんか怪しいなあとは思ったんだけど、あんまりしつこいんで、あんたが芝居町の仕事をしていることを言っちゃった。ごめんね」

「う、ううむ。まぁ、仕方がないさ――。マブダチてえのはウソだがな」

「そうなの？」

「ああ。田沼時代で景気がよかった頃、大田南畝先生が連れてくる狂歌連の旦那衆を介して、一緒に呑んでいた。だが、それだけだ」

「ふうん。でも、なかなか風流な人じゃないか。気風《きっぷ》もいいし金払いもいい。芝居町じゃァ、結構な顔だよ。まあ、本人が来たら相手をしてやっておくれ」

お静は明るく、重三郎の肩をポンポンと叩いた。

そして、翌日――さっそく、斎藤十郎兵衛が重三郎のもとにやってきた。

裏の客間に通すと、十郎兵衛はきょろきょろと座敷を見回し、

「いやあ、てえしたもんだな、蔦重」

と、感心したように大声を出した。

「昔、一緒に呑んでいたころはお前も駆け出しで、大田南畝や立川焉馬《たてかわえんば》に仕事を貰おうと必死だったじゃねえか。それが今や通油町に立派な書肆を構える大商人だ――。てえしたもんだ、いや、てえしたもんだぜ」

「いえいえ。しがない地本屋なんざ、毎日ぎりぎりで必死なところでございますよ。十郎兵衛殿は、今も八丁堀にお住まいですか」

「ああ、相変わらずよ。蜂須賀家は外様も外様。昨今の不景気でなかなか厳しいぜ。阿波はいい国だが、何ぶん田舎者揃いさ。おいらのような在府の江戸者は肩身が狭いよ。特においらは根っから趣味人だ。奢侈禁止のご時世で、なんだか毎日つまらなくてなあ」

「そうでございますか。でも良いじゃあないですか。宮仕えならばお給金が出るから日銭に困ることがない。手前のような風来坊から見れば羨ましい限りですよ」

「まあ、なあ。だが、すべてに物足りなくてな」

十郎兵衛は、頭を掻いて、

「蔦重――。絵をやりてえんだ」

と、軽い調子で言った。

「おまえと昔、吉原あたりをうろちょろしていた頃、いつか一緒に仕事をしようぜって約束したじゃァねえか。おいらの腕は衰《おとろ》えちゃいねえ――。最近はおかみの目もあって遊び場が減って

な。描かせてくれよ」

「そう言われましても……。昔と今では、事情が違いましてね。今、手前どもで抱えている作家先生は、喜多川歌麿先生、山東京伝《さんとうきょうでん》先生、唐衣橘州《からころもきっしゅう》先生――いずれも一流と言われる先生ばかり。耕書堂も今では、無名の方に描いていただく格ではなくなっているんですよ」

「なんでえ、気取りやがって。京伝なんざ、昔は吉原で大田南畝にへこへこ頭を下げていたじゃァねえか」

「京伝先生は江戸を代表する大先生ですよ。先生は深川出身だ。腰が低いのは江戸っ子の流儀。粋《いき》ってやつでございましてね――」

重三郎は慣れた口調で言った。

実はこういった話はよくある。寛政の不景気の中、重三郎が地本屋として成功したのを見て、さまざまな絵描きや戯作書きが売り込みをかけてくる。たいていはうまくあしらうか、耕書堂の裏に用意してある若手用の長屋に放りこんでしまうのだが、十郎兵衛が困るのは、蜂須賀藩お抱えの身分があるということだった。衰えたりとはいえ、幕臣で勘定方の大田南畝や、小普請方の立川焉馬ともつながっている。無下に断るのは難しい。

そんなことを考えているとき、頭の中に、芝居町の都伝内に依頼されている役者絵のことが浮かんだ。

たしかに、この十郎兵衛、そこそこの腕はある。

そして、無名であり、江戸在府の武士だから、暇もある。

新人に思い切った投資をして、一気に売り出して江戸じゅうの話題をさらう。喜多川歌麿を売り出したときも、山東京伝を売り出したときも、この手を使った。

今度もそうする手はある。

だが――。

(おいらは、こいつと仕事をしたくない)

と、重三郎は思った。

昔、仲間たちと吉原の引手茶屋や妓楼に集まって、夜な夜な乱痴気騒ぎをしていた頃のことだ。

座敷に三味線を弾きに来てくれる於美与《おみよ》という明るく愛嬌のある娘がいた。三味を弾く芸者だから、妓楼の女郎ではない。だが、ちょっと低い声と大きな瞳が印象的な元気な娘で、酔客のあしらいもうまい。

やがて、みんな、この於美与を女として意識するようになった。

当時、重三郎も仲間たちも若かったし、自分たちが流行の先端《きっさき》だという自負もあった。粋を気取って夜な夜な集まり、いかに格好いいふるまいをするか、男ぶりと洒脱さを競っていた。当然、みんなそれぞれの妓楼に遊ぶ女郎はいた。だが内心では於美与をいつも意識していた。

いつの間にか、微妙な雰囲気が、仲間内にできあがっていた。

広い宴会場で、てんでに呑みながら、於美与がどこで誰と話しているか、どんな笑顔を浮かべて、どんな唄を弾くのか、みんな横目で気にしている。

山東京伝は、

「於美与さんは、われらが『月下の君』ですな」

と言った。

「いかにも。天照大神《あまてらすおおみかみ》は不可侵である。みな、女を抱きたければ他で抱け。於美与の純潔を我らで守る。於美与に何か困難があれば、われらが手を組んで助ける」

こう言ったのは、秋田佐竹藩の平角こと平沢常富（朋誠堂喜三二《ほうせいどうきさんじ》）である。

「男として、そのような姫君を持つのも一興。粋人冥利に尽きますな」

平角の親友であり、重三郎が信頼していた駿河小島藩の倉橋寿平（恋川春町《こいかわはるまち》または酒上不埒《さけのうえのふらち》）も笑顔を浮かべる。

仲間たちは、於美与をめぐって等距離外交を貫いており、それが男同士の暗黙の了解だった。

重三郎もまた、於美与の洗練されたさっぱりした美貌が、花魁のものとは違う純潔さを湛えているように思えて、大好きだった。

だがそんな中、十郎兵衛は素知らぬ顔をして、みんなの於美与を裏で籠絡していたのである。

誰も知らない間に十郎兵衛は、吉原から離れた入谷の待合茶屋のような場所で、於美与と会っていた――。

それを知ったときの衝撃は忘れられない。

大人になった今であれば、男と女にはそういうこともあろうとは思う。だが当時はまだ若かった。男同士の暗黙の約束を踏みにじり、ひとりで花を摘み取るような真似ができる人間は、到底

信じられないと怒りに打ち震えた。

あれ以来重三郎は、京伝や平角、倉橋寿平らに対して持っているような、心の奥底からの信頼というものを、この男に持つことができない。

十郎兵衛があのあと、於美与とのことでなんらかの責任を取って一緒に暮らしているという話も聞いたことはない。ふたりはどこかで別れたのだ。それもまた腹立たしい。

それに、田沼公が失脚し、松平定信が老中になって奢侈禁止令を出したあとの吉原狂歌連の仲間たち——京伝、平角、倉橋は、重三郎とともに辛酸を舐めたといってもいいだろう。だが、そのとき十郎兵衛は、さっさと吉原から姿を消し、阿波蜂須賀家の屋敷にこもって、なんの発言もなかったのである。

(嫌だ——)

にこにこと十郎兵衛をあしらいながら、その嫌悪感が腹の底に湧き出してくるように思えた。

ただ、一方で、魅力的な思い付きであることも事実だった。

芝居町の仕事は、奉行所に監視されている。

こんな危ない仕事を手伝ってくれる歌川派や北尾派の絵師も、ましてや鳥居門下の画工もなかなかいない。そして今、重三郎の手持ちの若手の中で、大金をつぎ込んで売り出すほどの価値がありそうなものはいなかった。もっといえば、大事な友達に奉行所のお縄になる危険がある仕事を任せるのも実は気が引ける——そういう意味で十郎兵衛は、ぴたりと隙間に挟まるコマではあった。

「なあ、蔦重。昔のよしみだ。おいらに面白ぇ仕事をくれてもいいだろう？」

人の良さそうな、にやけ顔で、頭を下げる十郎兵衛。

この男、邪心だけはないのだ。

その顔を見ていたら、少しだけ、心の奥底に仏心が出てしまった。

「十郎兵衛殿――。わたしは、あなたを信用していない」

重三郎は言った。

「え」

「わたしが知るあなたは、腰が据わらない男だ。覚悟を決めて、画道に生きようという強さを感じない」

「ど、どういうことだよ？」

「田沼時代に、吉原で一緒に浮かれて遊んでいましたな。あそこに集まった男どもは、多士済々。遊び、ふざけながら、その生き方に相応の覚悟があった。倉橋さんは、その生き方に殉じて腹まで切ったのだ。しかし、あんたは姿を消して、その場にいなかった。畢竟《ひっきょう》、あんたは楽しそうな場所に交じって、うまい話にのっかりたいだけの男だったように思う」

「ひ、ひでえな」

「そして今、このわたしが繁盛して派手にやっていると見るやいなや、にやけ面してあらわれて、おいしい思いをさせろという。人間にはいい時と悪い時がある。いい時にしか現れない人間を、どうやって信頼しろというのでありましょうかね？」

重三郎は、低い声で言う。

十郎兵衛は、すっかり鼻白んで下をむいていたが、

「で、でも、あれだよ。あんたが可愛がっている喜多川歌麿。あいつは、江戸じゅうの娘を、とっかえひっかえ家に連れ込んでいるってぇ噂じゃァねえか。あいつの腰の据わらなさはいいのかよ？」

と必死の反論を試みた。

「歌麿殿とあなたは違います。歌麿殿は人なみの幸せはすべて捨て、絵に賭けておられる。女の出入りは激しいが、ちゃんと一線をひき、誰か一人を選んで所帯を持つ気もない。まあ書肆としては、理屈っぽくて扱いづらい絵師ではありますが、仕事に対する誠実さは揺るぎない。あなたとは違います――」

重三郎の態度に、十郎兵衛はすっかりへこんで、頭を掻きながら、居心地悪そうに膝を揺らした。

「わ、わかったよ。もういいよ」

子どものように、どうやってここを逃げ出そうか考えている風情《ふぜい》だった。

「さて――」

充分に十郎兵衛をへこましておいて、おもむろに重三郎は言った。

「最後の機会を与えましょう――。もし、あなたが、本気で絵に取り組もうという覚悟と気組があるのならば」

十郎兵衛は、引き込まれたように言った。

「あ、ああ――もちろん」

「ちょうど、金主は決まっているが絵師が見つかっていない仕事がある。これは大仕事になる。あんたがその気なら、これを与えます。ただ、何を描くか、どんな構図にするか、どう摺るか、すべてこちらで決めます。覚悟はありますか？」

「う、うう。仕方がない。絵師としちゃあ、この年まで世に出ることはなかったおいらだ。全部あんたに任せるよ」

「よろしい。役者絵ですが、いいでしょうね」

十郎兵衛は、

「承知だ――」

と泣きそうな顔をした。

「それでも絵描きになりてえや。死ぬまでに一度ぐらい、自分の名前で錦絵を開板して死にてえよ」

そして口を引き締め、顔をあげて、息せききって言った。

「署名はいいんだろう？」

「それは構いません。役者絵では、絵師の名は売り上げには関係ない――。はて、あんたの名前はなんでしたっけね？」

「意地悪を言うなよ。知ってンだろ。昔から、おいらの雅号《なまえ》は変わってねえよ。住んでいるのが

八丁堀だから東の洲で、東洲斎《とうしゅうさい》。しゃらくせえ遊び人だから写楽《しゃらく》。名前は東洲斎写楽さ」

◇

寛政六年、五月。

江戸三座の五月狂言大歌舞伎にあわせて、『東洲斎写楽』の芝居錦絵が一斉に開板された。

底本としたのは、狂言作者である並木五瓶の下絵である。これをなるべく忠実に再現するのが最初の作業だった。

そして、構図はすべて『大首絵』にした。売れっ子絵師の喜多川歌麿が広めた上半身の拡大図版である。荒事や睨みを効かせる役者の顔つきを表現するのには向いているが、衣装や両手を振りかざした「決め」の型を入れ込むのは難しい。それでも十郎兵衛は、両手の大きさを変えたり、曲げたりして、歌舞伎の独特な型を狭い紙面にうまうまと表現した。これは驚きであった。

見たこともないような迫力のある、引き込まれるような表情の絵が出来あがった。

並木五瓶の絵は、売り物ではなくて楽屋絵なので、役者の顔つきや作りが辛辣《しんらつ》にできている。それも良かった。

普通、役者絵は、二枚目は本物よりもずっと二枚目に描くし、女形は絶世の美女のごとく描く。

しかし、重三郎はこれを敢えて無視し、並木五瓶の下絵の通りに描くように、十郎兵衛に指示した。

こうしてできあがった十郎兵衛の絵を、伝内、重三郎で、何度も見直して手直ししていく。十郎兵衛も、これが世に出る最後の機会かもしれぬという気組があるのであろう。謙虚で、必死な態度だった。

そして摺りは、最高級の黒雲母摺りとした。

新人の錦絵としては破格の扱いである。

これは都伝内が金を出したおかげであった。

「勝負の五月興行だ。パアッと行こうぜ」

伝内は言った。

芝居町から出た資金があればこそ、これだけの投資をすることができたのである。

これらの見たこともない構図と表情の役者絵は、芝居好きの幕臣や金持ちの旦那衆、粋筋といった太客たちに都伝内から贈呈された。

絵は都座に出ている役者が中心だったが、重三郎の助言で、桐座や河原崎座に出ている役者のものも用意されていた。これは、重三郎の吉原での商売の経験から出ている信念だ。

（一つの見世《みせ》だけが流行っても、ダメなんだ。町全体が繁盛しなけりゃうまくいかない。芝居町の連中も、共存共栄で行かなくちゃな――）

これは芝居好きの江戸っ子の間で、大評判となった。

「こんな表情の蝦蔵を、見たことがねえ。格好いい！」

「豪華な摺りだな――」

売り物ではないのに、絵の存在を知って、求める客が耕書堂に押し寄せた。

この絵は、芝居を見たことがない人にもハナシの筋がわかるような組み合わせになっている。普通の役者絵は主役しか描かない。だが、重三郎は、端役の絵までそろえて場面という場面の絵を用意した。全部揃えてすみからすみまで部屋の壁に貼れば、芝居の筋や場面がわかるという仕掛けである。

都伝内は、盛り場の近くの茶屋に頼んで、これらを待合に貼ってもらった。

これも重三郎の戦略だった。芝居好きだけではなく、今まで興味がなかった町人にまで間口を広げなければならない。吉原の街路に桜の木を植えて、女を買わない客も呼び込んだのと同じ理屈である。

またいっぽうで、この絵は、役者には不評であった。

それまでの役者絵は、基本的に綺麗であった。看板役者の一番格好いいところを美しく切り取った一枚絵が役者絵だったのだ。

それが今度の絵は、役者絵というよりは『芝居絵』であり、説明的である。役者の見せ場であり、心血を注いだ「決めの型」を強調して、ある意味、おもしろおかしく茶化して露悪的に描いている。

写楽の絵は、どこかフザけた風情があった。

女形の描き方も、それまでの人形のようなものではなく「おっさんが化粧して女形をやっている」という感じの具象画になった。写実的と言えば写実的だが、役者にしてみればその後の仕事

にもかかわる一大事である。

役者たちは、都伝内のもとに乗り込んできて、苦情を言った。

座主の地位は、役者よりも低い。

だが、伝内は、必死で説明した。

「あんたたちの言うことはわかった。だが、今は芝居町にとっては一大事だ。今回の五月狂言は、なんとしても成功させなくちゃならねンだ。おいらたちの明日にかかわるんだよ。今までになかった新しいことを、なんでもやって客を呼び込まなくちゃァならねえ！　わかってくれ」

役者たちは、しぶしぶ引き下がった。

芝居小屋の状況はよくわかっている。

江戸の小屋がつぶれても上方の芝居小屋で仕事を貰えるのは、一部の看板役者だけだろう。地方のドサ回りに行かされるのは嫌だった。

こういった様々な策が功を奏し、江戸三座の五月公演は大繁盛となった。

木挽町河原崎座の『恋女房染分手綱《こいにょうぼうそめわけたづな》・義経千本桜《よしつねせんぼんざくら》』、堺町都座の『花菖蒲文禄曾我《はなあやめぶんろくそが》』、葺屋町桐座の『敵打乗合噺《かたきうちのりあいばなし》』。いずれも黒字である。

芝居町の人間は、役者から、座主、芝居茶屋から台屋、髪結いまで、胸をなでおろした。

昨年十一月の開幕以来、大丈夫だろうかと頼りなく思っていた都座が、なんとか倒れずに済みそうだ。

江戸っ子の、これ以上小屋をつぶしてはならないという思いの後押しもあっただろうが、なん

とかまあ、結果を出したのだ。

だが、好事魔多し——五月興行の最終日に事件は起きた。

五月二十八日は、恒例の〈曾我祭〉である。

曾我祭とは、歌舞伎番組の中でも人気の〈曾我兄弟の仇討ち〉の記念日であり、例年この日は三座合同で派手な出し物を行う。

本来であれば今年は、奢侈禁止令に配慮して自粛すべきだった。

だが、伝内と芝居町のひとびとは、道に出て薦被《こもかぶ》りを開けて酒をくみかわし、喜びを爆発させてしまった。隣り合う都座と桐座は、役者が町に繰り出して、太鼓をたたいて踊るおねりを行い、山車《だし》まで出ての大騒ぎとなった。

そしてこれが、江戸町奉行所の知ることになり、問題となってしまったのだ。

三座の座主が奉行所に呼び出され、奉行から直々のお叱りを受ける事態となった。

「伝内さん、大丈夫か」

話を聞いて、枡屋の奥部屋に駆け込んで来た重三郎は叫ぶように言った。

「ああ、大丈夫だ」

奉行所での取り調べをうけ、すっかりやつれた都伝内は、太い腕をなでながら、弱よわしく言った。

「まったく、油断だった。ここのところ奉行所の動きが見えなかったし、五月の興行も成功して、みんな浮かれていた——。気をつけなくちゃならねえ。奉行所は仮櫓を許可してくれても芝

居町の取り潰しをあきらめちゃいねえようだ」

「役座敷はまだあるかと、打診もまたあったそうだな」

「ああ」

役座敷、というのは、いざというときのために、同心が観劇できるように用意しておく席のことである。奉行所と劇場側の癒着の象徴であったが、一部にはこの制度を面白く思っていない者もいるということだった。

そして、

「老中の戸田公が、役者どもの身分の照会をなさったそうだぜ」

「なんと——」

重三郎は絶句した。

冷汗が、どっと出てくる。

身分照会というのは、取り締まって差しさわりがない身分かどうかという下調べである。思ったよりも、事態は深刻なようだった。

「つ、つまり、ご公儀は取り潰しを画策していると——」

「何か、手を打たなくちゃならねえな」

「今の奉行は、小田切土佐守さんでっしゃろ」

横から並木五瓶が言った。

「前の大坂町奉行や。小田切はん、大坂にいらはったときにはずいぶん芝居が好きでいらはった

のに、江戸に栄転したとたん、どういうこっちゃ」

「それだけ松平定信の力が強かったってことだろう。今では松平公も退任されたが、公儀の方針は変わっちゃいない。いかに芝居好きの小田切様だろうと、ご公儀の方針に逆らって出世の道を途絶えさせたくはあるまい。だが――」

重三郎は言った。

「確かに、攻めどころかもしれねえな。どうしたらいいか、小田切様のご意見を聞くことはできないものか」

三人が頭を寄せて、暗い顔をしているところに、ふらりと十郎兵衛がやってきた。

明るい顔で、角樽を下げている。

「いやあ、東洲斎写楽さまの錦絵、評判で困っちゃうなあー」

喜色満面だ。

「まあ、おいらの腕をもってすれば当然か。だが、ようやくおいらも、絵師として世に出ることができた。本当に嬉しいぜ」

小躍りしながら座敷に入って来る。

「今日は、伊丹の下り酒、きりっと最高のやつを持って来たぜ。並木先生、伝内殿、蔦重、呑もう、呑もう、お祝いだ。今日はパアッと、呑み明かそうぜ！」

ひとりで勝手に、はしゃいでいる。

三人は、うらめしい顔つきで能天気な十郎兵衛の顔を見た。

そして、重三郎は、

「ちょっと――黙っていてくれ」

と、喉を絞るように言った。

◇

「いやあ、驚きましたな」

日本橋の耕書堂に戯作者の山東京伝があらわれ、笑って言った。

「阿波蜂須賀家の斎藤十郎兵衛さんがわたしの店に来ましてな。よう、久しぶりだな、政演《まさのぶ》さんよ、と来たもんです」

「政演――ずいぶんと古い名前ですな」

「はい。田沼時代の名前です」

愉快そうに京伝は笑った。

相変わらず、洒脱で絵にかいたような二枚目――まるで役者のような男ぶりだった。

山東京伝は、もう長い間、耕書堂の看板作家として活躍してもらっている人気戯作者である。

北尾政演の名前で絵師として名を成した後、吉原に遊び、通人としてその名を江戸じゅうに知らしめた。

今は銀座に雁首などの煙草道具や扇子などの小物を売る『京屋伝蔵手店《しゅてん》』を開業して、その店主に収まっている。

絵を描いたり、戯作を書いたり、店をやったり、花魁と浮名を流したり、はたまた奉行所に捕まって手鎖の刑になってみたり。その一挙手一投足が江戸じゅうの話題になる人気者だった。

「ひさびさに吉原で呑もうぜ。カネが入ったんだよ――こういうわけです」

「あらら――」

重三郎は額に手を当てた。

その様子が目に浮かぶようだ。

東洲斎写楽の絵は、評判だった。

五月興行の絵は非売品だったから、余計に絵は高値で取り引きされるようになっており、耕書堂は再板を重ねている。

そして、十郎兵衛は、傍《はた》で見ていてわかるほど浮かれていた。

「売れてよかったですな」

京伝は言った。

「そうですかね――」

重三郎はくびをひねる。

「そうですよ。あのとき吉原で遊んでいた仲間たち――。あなたも、平角さんも、倉橋さんも、それぞれ名が売れた。南畝先生、焉馬棟梁は別格だが、これも知られた名前だ。くすぶっていた勇助さんですら歌麿の名で人気となったではありませんか。ただひとり世に名が出ていなかったのが十郎兵衛さんだ。よかった、よかった。これで全員世に出ました――」

「まだ五月の絵しか世には出ていませんよ」

「――だが、東洲斎写楽の名は評判だ」

「あの男、浮かれすぎですよ」

「それが、あのひとのいいところだ。よほど嬉しかったのでしょう。吉原で美妓《をんな》を呼んで心ゆくまで呑もうぜ、だそうです。耕書堂さん、ご一緒にいかがですか？」

「京伝さん、行くのですか？」

「せっかくのお誘いだ。売れっ子のカネで呑むってえのも、オツなもんです」

自分が一番の売れっ子のくせに、いたずらっぽい顔でそのようなことを言う。

重三郎は、抑えるような声で、言った。

「申し訳ないが、わたしは行かない」

「ほう」

「芝居町を守る仕事で精いっぱいだ。ほうぼうにカネを撒いて、奉行所の動きを探《さぐ》っているのですよ」

「それはそれは」

「十郎兵衛に会ったら言っておいてください。伝内さんも、並木先生も、わたしも七月興行の準備で大わらわになっている。あんたも次の興行のための仕込みをしておいてもらわないと困る、と」

「はい、はい」

京伝はにこにこ笑って手をひらひらさせると、

「わかりました。確かに伝えますすよ」

と言った。

◇

重三郎の六月は、目のまわるような忙しさだった。

五月興行でやっと儲けが出た都座の座組をさらに確かなものにしなければならなかったし、奉行所の動きも探らなければならない。次に向けて、あの手この手でいろいろ仕掛けなければならない。

枡屋の奥座敷は、さながら重三郎の帳場のようなありさまになった。

手紙を書くための紙と墨がつねに用意され、水と冷酒まで置いてあり、下男がひとり控えている。

そんな部屋の片隅で、重三郎が並木五瓶の指図絵を眺めていると、都伝内がずかずかと入りこんできて、聞いた。

「おい、蔦重、七月興行の錦絵はどうする？　またカネが要るのか？」

重三郎は、顔をあげずに答える。

「必要です。錦絵は出したほうがいい。五月にあれだけ評判になったわけですし、今度は町で売ってほしいという話も来ている」

「ううむ、そうか。でも、五月の錦絵は、いろいろ物入りだったんだよなあ」

「しかたないでしょう」

「そうだな。まあ、あのおかげで客が来たってえところもあるんだから、もっともな話だな――。で、絵師はどうする？」

「また十郎兵衛にやらせるのが筋でしょうね。なんだかんだ言っても、五月の功績は大きいし、また一から絵師を探すのは苦労です」

「あいつ、大丈夫かね」

「呼び出して、よく言って聞かせますよ。わたしは本屋で、絵師の扱いは玄人です。任せておいてください」

「よし、わかった――ただ、今度は普通の摺りにしてくれ。五月の黒雲母摺りはやりすぎだった。カネがいくらあっても足りないぜ」

「わかりました」

都伝内は、言いたいことだけを言うと、座りもせず、茶も飲まず、ばたばたと部屋を出ていった。

◇

「なんでえ、今度は普通の摺りかい？」

指図絵に目を落としながら、十郎兵衛は言った。

場所は日本橋通油町の耕書堂の座敷。十郎兵衛の家がある八丁堀と、吉原遊郭のちょうど中《なか》ほどにある。

十郎兵衛はなんと、流連《いつづ》けしていた吉原から駕籠に揺られてやってきた。

重三郎は答える。

「五月興行での『東洲斎写楽』は評判になりましたが、あれは太客向けの贈呈品でした。今度は町人向けに、書肆《ほんや》でちゃんと売り出すつもりです。それには黒雲母の摺りは重すぎるんですよ」

「そういうことか。うん、わかった」

十郎兵衛は、出されたぬるい茶をごくごくと呑み、上目遣いで聞いた。

「なあ、蔦重。また売れるかな」

「売れるでしょうな。歌舞伎三座がしっかりと手を組んで触れ回りをしますし、伝内さんは芝居町の茶屋だけじゃなく、江戸じゅうの茶屋という茶屋に『東洲斎写楽』を配りたいと言っている」

「うん。うん」

十郎兵衛は頷きながらそれを聞き、

「なあ、蔦重」

とおもむろに言った。

「なんですか？」

「俺もあれから、いろいろ考えたのだが、今度は『大首絵』以外も描きたいんだ。どうだろ

う？」

「む？」

重三郎は腕を組んで、十郎兵衛を見た。

十郎兵衛の顔は、水膨れでむくんでいた。

宿酔《ふつかよ》いなのだろうか、どこか頬が弛緩している。

「大首絵もいいが、芝居絵といえば昔から『細版《ほそばん》の立姿』ってえのが決まりだろう？　せっかく芝居絵で名をあげたんだ。ちゃんと、あっちもやってみてえよ」

「ふうむ」

重三郎は慎重に、言葉を探した。

吉原で遊んでいる奴らに何か吹き込まれたのかな、と思う。

あの連中は、好みでモノを言う。

だが重三郎は商売人だ。売れるか売れぬかでモノを言う。

今さら『東洲斎写楽』が伝統的な構図を扱って、ウケるとは思わない。

写楽は、見たこともない構図で、見たこともない役者を、見たこともない表情で描いたからウケたのだ。

だが、業界に蔓延《はびこ》る噂好きの江戸雀は、突飛なものをバカにする。あんなもの、芝居絵じゃねえよ——毒舌を肴に酒を呑む。

十郎兵衛は、吉原で、そんな毒舌を浴びせられたのではあるまいか。腕がないから突飛な構図

で逃げているんじゃないの、とかなんとか——。当たらずとも遠からずといったところだろう。

しょうがねえな。

内心ため息をつく。

「十郎兵衛さん。なぜ今回、あんたの『東洲斎写楽』が評判になったのか、わかっていますか？」

「わかってる、わかってるよ——」

「今度のことでわたしはね、やはりあんたの腕は確かだったと思いましたよ。昔から絵の上手だったが、正直言えば、上手な素人絵だった。それが五月興行の錦絵ではひと皮むけた。もう一度、耐えて大首絵で勝負してはどうかね？」

「わかる、わかるよ。だが、長い間、絵師になりたくて必死で頑張ってきて、ようやく自分の名前が押された絵を開板することができたんだぜ。考えを聞いてくれてもいいじゃねえか。いろいろ思案したんだよ」

「酒を呑みながら、ですか」

「何が悪いんだよ——」

「別に、悪くはありませんがね」

「大首絵は俺にとっちゃァ、借り物だよ。もともと大首絵と言えば、喜多川歌麿と蔦屋重三郎じゃねえか。写楽の絵を欲しがる連中は、東洲斎写楽の名前じゃなくって、蔦屋の〈富士蔦〉の版元印が欲しいだけなんだ。それじゃあ本当に世に出たことにはならない。気に食わねえよ」

なんとくだらないことを、と重三郎は思ったが、口には出さない。

やわらかく、子供を諭すように、こういった。

「何を言うのですか、十郎兵衛さん。写楽の評判はね、まぎれもなく、あんたのものですよ。あの五月の絵は傑作だ。そしてそれは、あんたの実力だ。年寄りどもの言うことなど気にしないことです」

「うむ――だが、おいらも今や玄人絵師のはしくれだぜ。工夫をさせてくれてもいいだろう? 素人だけじゃァなくって、通人にもちゃんとウケたいんだ。わかった、大首絵も描くよ。だが、細版の立ち姿もやらせてくれよ」

十郎兵衛は言った。

重三郎は、思った。

(こいつ、やっぱり、ダメかもしれないな)

十郎兵衛が昔からの知り合いだとか、吉原時代の因縁があるとか、そんなことはどうでもいい。

重三郎は、吉原の片隅で小さな貸本屋を始めて、少しでも商売を大きくしようと、あらゆる努力をしてきた。苦労の末『吉原細見』の版権を手に入れ、こつこつと蓄えを増やして日本橋に進出し、無名の作家を見つけては育て、新しい読本《よみほん》や錦絵を次々と繰り出して身上《しんしょう》をあげてきた。

その間、大勢の人間を見てきた。

その経験が、

（七月、この男に任せて、新しいものが出てくるようには思えぬ）

と告げていた。

（突然の人気に浮足立って、どうでもいい連中の、どうでもいい声が耳に入って、気が散っている。五月のときの緊迫感がない）

絵師であれ、戯作者であれ、一作で終わるもの、二作三作と続けていくもの、その違いはいったいなんだろうか。

多くの若者が戯作者や絵師になりたいと言って重三郎の元を訪れる。

戯作がうまい、絵がうまい人間ならいくらでもいる。だがその中で、戯作者、絵師として長く仕事をしていく人間は限られている。

（何が違うのだろう）

その説明は難しい。

だが、歌麿と十郎兵衛を比べると、わかる気がするのだ。

それはきっと技術ではない。うまいとか下手とかではない。うまいか下手かでいえば、十郎兵衛は充分にうまい。その証拠に五月狂言の役者絵で、あれだけの作品を描いたではないか。

今回、五月興行で十郎兵衛は二十八枚もの錦絵を開板した。

その量も話題になったが、なんといっても『大谷鬼次の奴江戸兵衛』や『市川蝦蔵の竹村定之進』の強烈な個性は、江戸の好事家たちに充分な衝撃を与えた。十郎兵衛の「東洲斎写楽」は、将来にわたって大きな名前になることができるだろう。ただし、本当に十郎兵衛がそこから何か

を学べればの話だ。並木五瓶の観察眼から、喜多川歌麿の技法から、何かを学び、自ら新しいものを生み出すことができれば、という条件があってのことだ。

(だが、それは無理だろう――)

重三郎は冷徹に思った。

(十郎兵衛は、自分の名前が世に売れただけで満足している――。てめえの絵を一歩でも向上させることよりも、次を小さくまとめて、玄人を気取る身近な仲間に手っ取り早く褒められようとしている)

歌麿なら、人の意見など耳を貸さず、次は今回よりもいい絵を描こうと足掻《あが》くだろう。一作目の成功などすぐに忘れて、必死で次に挑むだろう。

だが、十郎兵衛はすっかり舞い上がって、その先を考えない。

(つまり)

十郎兵衛の頂点はここではあるまいか――。

この男に、孤独に耐えて自分の絵を追究し続けるだけの力はない。

絵師でございと言いながら心の奥底に、絵を描くことよりも面白いことをたくさん抱えている。

(だが、まあいいさ。悪いが、もともとおいらも、芝居町の仕事からどこかの区切りで手を引くつもりだ。十郎兵衛と付き合うのも、長くはあるまい)

そんなことを考えている重三郎の表情はおだやかで、そのような心のうちを、みじんも感じさ

せない。

重三郎はふと口もとに優しい笑みを浮かべ、

「いいでしょう――。ただ、あなたのことだ。ちゃんとこの並木先生の指図絵を呑み込んで、良い絵に仕上げてくれるでしょうな」

と言った。

「も、もちろんだよ」

十郎兵衛は、卑屈な表情で言った。

「ずっとなりたかった絵師になったんだ。もっと有名になりてえや」

十郎兵衛はそう言うと、茶碗に残った番茶を、意地汚く啜《すす》った。

◇

六ヵ月後。

堺町の芝居小屋の幟《のぼり》を見つめながら、枡屋のお静と重三郎は、のんびりと酒を呑んでいた。

座敷の二階を開け放している。

秋の爽やかな風が、江戸の町を洗うように吹いていた。

「――芝居町のお取り潰しが、なくなってよかったなァ」

「重三郎ちゃんも、お疲れ様だね」

この半年、重三郎は、都伝内ら芝居町の座主たちと一緒に、さまざまな手を使って奉行所との

折衝を続けてきた。

調べていくうちに、このところの公儀取締りの混乱は、松平定信の老中退任に伴う城内の主導権争いによるものだとわかった。

官許の芝居小屋の破綻、仮櫓の認可、曾我祭のお叱りといったお達しも、明確な指針があったわけではなく、場当たり的になされたものだった。

であれば、公儀の意を汲んで、奉行所のメンツを立ててやればいい。

そこで伝内は、この秋、歌舞伎三座連名で奉行所に、ある書面を提出した。

書面には三座の興行の子細と、役者、狂言作家に支払われる給金のすべてが記載されている。

これは、昨年の中村座と市村座の破綻は、客足が減っても役者と作家の給金の高騰《ねあがり》を抑えず、贅沢にカネを垂れ流して私腹を肥やしたことが原因ではないのか、という奉行所の下問に答えたものである。

いえいえ、役者や作家の給金はちゃんと格式にしたがって決まっており、無法な高騰を許すものではございません。決して故なき『贅沢』などではないのです、という意味の回答だった。

役者の給金を奉行所に報告することについて、芝居町は大揺れに揺れた。

だが、奉行所に内情をつまびらかにして手を握らなければ、江戸歌舞伎の存続自体が怪しいことも事実だった。

町奉行所はこの書面を受け取り、芝居が、前例としきたりにのっとった、まっとうな商売《おつとめ》であることを認め、承認の裏書をした。

ここに政《まつりごと》の混乱は収拾され、去年以来、揺れに揺れた寛政の芝居町騒動は一応の決着を見た。江戸歌舞伎の取り潰しの危機は去ったのである。

「吉原遊郭を助けて、芝居町も助けた——重三郎ちゃんは凄いね」

「いや、何もできなかったよ。吉原の時は、さすがにおいらのおかげだと思って得意満面だった。だが今回はすべてが後手後手に回って、ダメだったなあ。慣れねえことはやるもんじゃねえや」

「『東洲斎写楽』は売れたじゃない?」

「最初だけな——。だが、今後は伝内さんも贅沢な錦絵なんぞにカネを出せなくなるだろう。もともと写楽は伝内さんのカネで動かしていた一件だ。カネがなければもう絵は出せまいぜ」

「絵の世界も面倒なんだね」

「どの世界も、同じさ」

「十郎兵衛さん、泣いてたよ。蔦重はずるい、裏で汚ねえことをしやがってってさ。なぜいきなり話がなくなるのかって」

「そう言われてもなあ。もともと絵は書肆がカネを出して開板するもんで、今度みたいに芝居小屋がカネを出してやるほうが特別なんだ。それを知らない十郎兵衛でもあるまいに——なんて言ってた?」

「うん——蔦重は本屋のくせに、なぜ何も教えてくれない。なぜもっと売り出してくれない。版元としてやるべきことをやれ——こんな感じかな」

「ふうん――」

十郎兵衛の絵の質は、描くほどに下がっていった。

七月以降、いろいろ新しい図案を出してきたが、それらは重三郎や伝内の望んでいるものではなかった。

ダメ出しをすると、十郎兵衛は、すぐに膨《ふく》れっつらをした。

政事周旋に忙しい伝内や重三郎への、配慮がない言動も目立つようになってきた。

重三郎はだんだんと、十郎兵衛の相手をするのが面倒になってしまった。

秋の十一月狂言からは、重三郎も伝内も、十郎兵衛の絵にほとんど口出しをしていない。結果として『東洲斎写楽』は、他の町絵師の芝居絵と、ほぼ変わらない絵柄になってしまった。

重三郎が冷淡になったので、十郎兵衛は他の版元とも話をした。江戸には重三郎の耕書堂以外にも『蔦屋』が複数ある。重三郎の成功を見て、それにあやかろうと、同じ屋号で商売をしている書肆がたくさんあったのだ。十郎兵衛はそういう蔦屋からも役者絵を出した。重三郎から見れば裏切りであったが、なんとなく十郎兵衛らしかった。厳しいことばかりをいってやり直しをさせる重三郎よりも、甘いことを言って近づいてくるエセ蔦屋と仕事をするほうが楽だったのだろう。十郎兵衛はこの時期、役者絵だけではなく相撲絵まで描いている。

「てやんでえ」

重三郎は吐き捨てるように言った。

「こちとら遊びでやってンじゃねえぞ。地本屋は商売だ。儲かりもしない絵を、どうして売らな

くちゃならねえんだ。甘えるのもいい加減にしやがれ」

「重三郎ちゃん」

「役者絵はな、役者の名前で売れるんだ。金主のおかげで回収するものだ。よっぽどじゃァなけりゃ、絵師の名前じゃ売れねえよ！」

「――――」

「あの手の半端な絵師どもに限って、自分が、自分が、と我を張るくせに、売れねえと途端に版元のせいにしやがる。やれ宣伝が足りねえとか、摺りが少ねえとか言いたい放題だ。ふざけんなよ。あいつらは、何かをやってもらうことしか考えてねえ。なにかやってもらって当然だと思っていやがる。こっちの都合があることを全く考えねえ。そんな奴らのために何を頑張る必要があるものか。まず、てめえが死ぬ気で描け。売れるようになってから持ってこい。なんで、てめえのために売らなくちゃならねえんだ！」

「まあ、そうかもしれないけどね」

「役者どもも同じだぜ。どれだけ立派か知らねえが、結局、座主殿が必死で雑事をこなしているからオマンマが食えるんだろうぜ。誰かが政事折衝をやっているから、興行ができるんだろうよ。役者だか、絵師だか知らねえが、どいつもこいつも偉そうにしやがって。お前らがバカにする、接待やらカネ勘定やらチラシ配りやらをやってる連中のおかげで生きてるってことを、ちったあ知りやがれ！」

「――もっともだね」

お静はそう言うと、遠くを見て、

「でも――」

と言った。

「十郎兵衛ちゃんって、なんだかかわいいじゃない？」

「え？」

重三郎は、顔をあげた。

お静の黒々とした目はうるんでいて、口元は引き締まっている。

怒っているような表情だ。

なぜ？

重三郎は動揺した。

「いつも明るいし、元気だし、夢もある。一緒にいて楽しいよ。能狂言、歌舞伎に狂歌に浮世絵に富本《とみもと》――いろんなことを知っていて、みんなに優しくて、なにより頑張って生きている。見ているだけで嬉しくなるよ」

「調子がいいだけだろ？」

「調子が悪い男よりマシだろ？」

「へ？」

「売れたらはしゃいで、何が悪いのさ。それに――」

お静は、重三郎を睨むように見て、鋭く言った。

「重三郎ちゃんには、わからないよ」

「え？」

「頑張っても、頑張っても、ダメなひとの気持ちなんて、わからないでしょ？　いろいろやってみて、それでも自分に向いたものを見つけられない人の気持ち、わかるわけがないよね？　そりゃそうだよ、重三郎ちゃんは、昔から頭が良くて、働き者で、吉原の旦那衆に気にいられて、次々に大きな仕事をもらってさ。最初は小さな貸本屋だったけれど、右肩あがりにお店を大きくして、今じゃァ江戸で知らないものはいないほどの大店《おおだな》さ。そんな人のまわりには、仕事ができて面白い人が集まるんでしょう？　そういう人に、みんなの気持ちは、わからないよ――」

「お静ちゃん」

「おつむがいいあんたには、バカに見えるかもしれない。でも十郎兵衛ちゃんは、必死なだけだよ。思うようにならない、うまく物事は運ばない、そんなこの浮世で、なんとか世に出たい、自分が生きた証を残したいと、一生懸命描くだけ。泣いていたって仕方がないから明るく笑っているけど、心の中じゃァ泣いているのさ。へらへら笑っている人間が、みんな幸せだと思ったら大間違いだ。ちからを持っているあんたのような人間には、わからないんだよ」

「おいらが、ちからを持っているだと？」

「そうさ――。商売で成功している奴らなんか、みんな、自分が誰よりも正しいと思っていてさ。自分のやりかただけが正解で、それがうまくできない人間をみんな、バカだと思っていやがる」

「そ、そんなこと、ねえよ」

「じゃァ、もう少し長い目でみてあげてもいいじゃァないか。一度や二度、気に食わないことがあったって、笑い飛ばして、許してあげればいいじゃないか！」

「こっちは商売なんだ。明日黒字《クロ》にならねえことを、やるわけにゃいかねぇよ！」

「そうだね。商売人としちゃァ、それが正しいんだろうね。でもあたしは、生き方が下手な奴らを、使えねえと嗤っている男よりも、不器用だけど一生懸命で、ダメなみんなを許してくれる──そんな男のほうが好きさ」

と、そこで顔をあげる。

「なにかしくじりをしたとき、正しさをふりかざして説教する男より、こまけえことは気にするなって笑ってくれる男のほうがずっといい。しゃらくせえって名前、本当にいいと思わない？」

そんなことを言うお静の顔を見ながら、重三郎は唖然とした。

「十郎兵衛が、かわいい？」

重三郎が知っている十郎兵衛は、覚悟の足りない、腰の据わらない、いつも浮かれたダメ男である。

お静は怒ったような声で、続ける。

「器用なあんたは、いつも選ぶ側《がわ》に立つ。ブザマに選ばれる側の気持ちは、きっと一生わからない──」

「お静ちゃん」

「あたしみたいに、世間の風にあたって苦労なんざァしちまったオンナはね、一生懸命で、かわいい男の側に立つのさ」

お静は胸を張ってみせる。

(か、かわいい男――?)

重三郎は、くびを捻った。

さっぱり、わからねえ。

だが、ふと思い出す。

若き日の、吉原。

三味線弾きの美少女、於美与――。

もしかしたらあのとき於美与は、十郎兵衛に騙されたってわけじゃァ、なかったのかもしれない。ただ素直に、あそこにいたあれだけの男たちの中で、十郎兵衛が一番かわいかったってだけのことかもしれないな。

つまりは、さんざん粋に格好つけてたあの頃のおいらより、不真面目で浮かれていただけの十郎兵衛のほうが、男としちゃあァ、上だったってことか。

なァんだ。

そう考えると、なんだか、全てが馬鹿バカしく思われた。

◇

こうして東洲斎写楽は、寛政六年の歌舞伎五月狂言から、翌年新春までの四回の興行の錦絵だけを残して、姿を消した。

その後、画壇に痕跡を残すだけの仕事をした形跡はない。

売れっ子になった様子もない。

そして、重三郎が遺《のこ》した耕書堂の寄稿者の名簿にも、その名前はない。

重三郎にとっては、その生涯でつきあった数ある作家の中でも、ほんの泡沫《ほうまつ》の、忘れられた存在であったのだろう。

だが、世の中はわからない。

百年後——幕末、明治になってから、日本の浮世絵が大量に欧州に渡り、パリを中心にジャポニズムのムーブメントが起きると、写楽の、不思議な魅力をもった大胆な役者絵が、大人気となる。

ドイツで研究本が出版され、パリで展覧会が行われるに至り、写楽は、世界的なブームを巻き起こすことになった。

東洲斎写楽の活動期間はわずか十ヵ月。

その記録は殆ど残っていない。

写楽は、誰か——その正体を推理する本はなん十冊と出版され、熱狂的な写楽コレクターは世界中に存在し、その作品は高額で取引されている。

ヨーロッパでは、写楽こそが、日本の浮世絵の代名詞だ、と扱われることすらあるのである。

「蔦重、見たか――」

十郎兵衛の声は、冥界の重三郎に聞こえただろうか。

東洲斎写楽の作品のほとんどは、重三郎の耕書堂から開板されたものである。

そして、傑作とされるものは、寛政六年五月興行を描いた初期作品のみである。

【付記】

この小説の着想を与えてくれた主な参考図書を下記にしるし、先学の業績に感謝する。これ以外に図書館などを利用して参照した図書・ウェブサイト、展覧会や講演が多くあったが、割愛させていただく。

蔦屋重三郎　鈴木俊幸　平凡社
蔦屋重三郎　松木寛　講談社
歌麿とその時代　中右瑛 監修　青月社
歌麿 抵抗の美人画　近藤史人　朝日新聞出版
浮世絵の女たち　鈴木由紀子　幻冬舎
改訂 雨月物語　上田秋成　鵜月洋 訳注　KADOKAWA
東洲斎写楽　大久保純一　新潮社
東洲斎写楽　渡辺保　講談社
〈東洲斎写楽〉考証　中嶋修　彩流社
もっと知りたい狩野派　探幽と江戸狩野派　安村敏信　東京美術
居酒屋の誕生　飯野亮一　筑摩書房

■初出
「白縫姫奇譚」　「小説現代」二〇二〇年五月号
「桔梗屋の女房」「小説現代」二〇二〇年一〇月号
「美女礼讃」、「木挽町の絵師」、「うかれ十郎兵衛」は書き下ろし

吉森大祐（よしもり・だいすけ）
1968年東京都生まれ。慶應義塾大学文学部卒業。大学在学中より小説を書き始める。電機メーカーに入社後は執筆を中断するも、2017年「幕末ダウンタウン」で小説現代長編新人賞を受賞。20年『ぴりりと可楽！』で第三回細谷正充賞を受賞。著書に『逃げろ、手志朗』。

うかれ十《じゅう》郎《ろ》兵衛《べえ》

第一刷発行　二〇二一年四月二十二日

著者　吉森大祐《よしもりだいすけ》
発行者　鈴木章一
発行所　株式会社　講談社
〒112-8001東京都文京区音羽二―一二―二一
電話　出版　〇三―五三九五―三五〇五
　　　販売　〇三―五三九五―五八一七
　　　業務　〇三―五三九五―三六一五

本文データ制作　講談社デジタル製作
印刷所　豊国印刷株式会社
製本所　株式会社国宝社

定価はカバーに表示してあります。

Printed in Japan　ISBN978-4-06-522830-2

N.D.C. 913　238p　19cm